김호연의 작업실

초판 1쇄 발행 2023년 2월 27일
초판 4쇄 발행 2023년 3월 17일

지은이 김호연

펴낸이 박세현
펴낸곳 서랍의 날씨

기획 편집 김상희 곽병완
디자인 김민주
마케팅 전창열

주소 (우)14557 경기도 부천시 조마루로 385번길 92 부천테크노밸리유1센터 1110호

전화 070-8821-4312 | **팩스** 02-6008-4318
이메일 fandombooks@naver.com
블로그 http://blog.naver.com/fandombooks

출판등록 2009년 7월 9일(제386-251002009000081호)

ISBN 979-11-6169-237-1 03810

서랍의날씨는 팬덤북스의 가정/육아, 문학/에세이 브랜드입니다.

김호연의 작업실

김호연의 사적인 소설 작업 일지

서랍의날씨

이야기를 쓰고자 하는 당신에게

이 책은 지난 22년 간 글을 쓰며 살아온 내 집필 경험이 오롯이 담겨 있다. 이 책은 10년 간 여섯 편의 장편소설을 완성한 나만의 소설 쓰기 과정이 녹아 있다. 하지만 이 책은 작법서가 아니다. 작업서다. '작법이 아닌 작업으로서의 소설 쓰기'에 대한 이야기다. 소설 쓰기도 결국 글쓰기이며 자기만의 방식과 루틴이 필요하다. 무엇보다 글을 쓸 수 있는 마음과 환경이 중요하고, 그 마음과 환경을 만드는 일 역시 작가의 작업에 다름 아니다.

《불편한 편의점》출간 후 전국의 학교와 서점, 도서관을 다니며 북 토크와 강연을 진행했다. 많은 독자들이 나의 이야기와 작가의 삶에 관심을 가져 주었는데, 그중 집필 과정에 대한 질문이 정말 많았고 다들 간절한 눈빛으로 글쓰기의 노하우와 소설 쓰기의 실제에 대해 질문했다. 그때마다 나는 집필 순간의 디테일을 떠올리고 소설 쓰기 과정을 복습하며 답을 찾아야 했다.

그들의 넘치는 질문에 충분히 답하지 못한 게 내내 아쉬워서였을까? 홀로 돌아온 작업실에서 나는 계속 자문자답했다. 어떤 이야기로 그들의 소설 쓰기에 대한 깊은 관심을 채워줄 수 있을까? 고심 끝에 나는 '작업실'에서 시작해보기로 했다. 독자들에게 도움이 될 나만의 소설 작업기를 정리해보기로 마음먹었다.

먼저 카카오 브런치 연재 내용을 엄선해 업그레이드했고, 내가 생각하는 글쓰기의 태도와 소설 쓰기의 노하우를 기록했다. 그동안 머물렀던 작업공간을 떠올리며 창작의 디테일을 정리했고, 마지막으로 지난 10년 간 인상 깊게 읽은 소설 7편을 소개하고 분석했다.

무엇보다 유익하기를 바라며 썼다. 나 역시 초보 작가 시절에는 글쓰기가 맨손으로 언 땅을 파는 것처럼 고된 일이었다. 소설은 대체 어떻게 써야 하나 막막한 심정으로 텅 빈 모니터와 눈싸움하던 날이 많았다. 이 책이 그런 시절을 보내고 있는 초보 작가들에게 살가운 조언이 되길 바란다. 실질적인 도움이 되길 바란다. '김호연의 작업실'을 방문한 여러분이 글쓰기의 힘을 얻기를, 완성된 결과물을 손에 쥐기를, 자신만의 이야기를 써내려가기를 응원한다.

목차

7 | 쓰기 위해 읽다 - 작업실 서재 뒤적이기

나의 글은 많은 부분이 힘겹게 나옵니다.

홀륭한 만화 〈구두(Shoe)〉를 보면 작은 새가 창밖을 응시하는 큰 새와 방에 있습니다. 방 안에는 타자기가 있고, 작은 새는 타자기를 보며 말합니다.

"너는 작가인데, 타자기는 안 치니?"

그리고 큰 새가 응수합니다.

"타자는 타자수가 치고, 작가는 창을 보는 거야."

나도 큰 새처럼 합니다.

- 마이클 블레이크(소설가 · 시나리오 작가, 《늑대와 춤을》)

1

소설을 쓰며
생각한 것들

16년 전 소설편집자

나는 소설편집자였다. 2000년대 중반, 한 출판사의 소설편집자로 2년 간 일하며 수십 권의 국내·외 소설을 편집해 책으로 냈다. 투고된 소설을 검토해야 했고 해외 소설의 국내 출간 여부를 판단해야 했다. 힘들었냐고? 전혀. 무척이나 흥미진진했다. 세상의 온갖 재미있는 이야기를 먼저 읽는 즐거움을 누렸고, 책으로 엮기 부족한 원고를 읽으며 반면교사를 배웠다. 무엇보다 한국의 출판 시장과 그곳에서 살아남는 소설에 대해 배울 수 있었다.

당시 소설 시장은 외국 소설이 강세였다. 《해리 포터》와 《다빈치 코드》로 시작된 판타지 소설과 팩션 소설의 인기가 여전했고, 기존 강자 베르나르 베르베르에 이어 기욤 뮈소의 약진이 시작되던 때였다. 여기에 일본 소설 붐이 일어났다. 오쿠다 히데오의 코믹 소설 《공중그네》가 60만 부 판매를 기록했고 히가시

노 게이고의 스릴러 소설, 미야베 미유키의 미스터리 소설이 인기를 얻어 나갔다. 뒤이어 이름을 외우기 힘들 정도로 많은 일본 작가의 소설이 출간되어 출판 시장과 영상 콘텐츠 시장에서 주가를 올렸다.

반면 한국 소설은 점점 설 자리를 잃어가기 시작했다. 판타지, 코믹, 휴먼 드라마, 스릴러, 미스터리, SF 등 다양한 장르의 외국 소설 인기에 비해 안타깝게도 시장에서 밀리고 있었다. 기울어진 시장을 보며 소설편집자인 나는 재미있고 색채가 뚜렷한 한국 소설도 많아지길 바랐지만, 발굴하기가 쉽지 않았다.

어쩌면 뚱딴지 같은 생각 혹은 필요가 발명을 낳듯, 그 즈음 나는 직접 소설을 써보면 어떨까 마음먹게 되었다. 근거가 없진 않았다. 출판사 편집자 이전에 시나리오 작가로 활동했기에 장편 스토리텔링에 대한 이해가 있었다. 일년 전 만화스토리 공모전에서 대상을 받았기에 묘한 자신감이 올라와 있었다. 여기에 소설 시장에 대한 편집자로서의 안목이 있기에, 스토리가 강한 재미있는 소설을 쓰면 독자들에게 인정받을 수 있을 거란 믿음이 생겼다.

2007년, 서른셋 나이에 전업 작가의 길을 걷기로 했다. 그리고 오랜 무명 시절을 거쳐 2013년,《망원동 브라더스》를 출간하며 소설가로 데뷔했다. 편집자 시절 소설 독자들을 사로잡겠다던 목표는 이후 세 편의 부진을 거친 뒤 2021년, 다섯 번째 소설《불편한 편의점》을 통해 이루게 되었다.

14년이란 시간이 걸렸다. 비전을 가지고 전업에 뛰어들었고, 무명의 시간을 견뎌 소설가가 되었고, 마침내 독자들의 사랑을 얻었다. 여섯 편의 장편 소설을 쓰면서 소설가로 담금질되었고 소설 쓰기의 기쁨과 슬픔을 만끽할 수 있었다.

내가 쓰고자 하는 소설은 일단 재미있어야 하고, 이야기에 대한 궁금증이 지속되어야 하며, 납득할 만한 결말을 제공해야 한다. 대중 상업 소설을 지향하기에 문학성보다는 가독성을 추구한다. 소설이라는 이야기 속 가상 세계에 독자들을 한껏 빠져들게 한 뒤, 책장을 덮고 현실로 돌아오며 자신만의 질문을 품게 하려 애쓴다. 인간은 이야기를 통해 세계를 탐구하고 공감능력을 향상시킨다고 믿기에, 내 소설이 독자들의 삶을 살피는 계기가 되고 '인생 능력치'를 끌어올릴 수 있는 동력이 되기를 희망하면서, 쓴다.

10년 차 전업소설가

소설가가 된 지 올해로 10년이다. 처음엔 영화에서 배운 장편 스토리텔링 작법을 활용해 소설을 썼다. 실제 장편 영화와 장편 소설은 그 분량과 구조에 있어 공통점이 많기에 어느 정도 모양새를 갖춘 소설을 쓸 수 있었다. 하지만 그것만으로는 소설만의 문체와 화법, 묘사와 주제 구현이 여의치 않았다.

대책은 무조건 많이 읽을 것. 어렵지만 배울 점이 많은 소설을 골라 읽었다. 내가 썼으면 좋았을 법한 소설도 찾아 읽었다. 작법서도 많이 읽었다. 스토리 일반에 관한 작법서와 소설 작법서는 물론 시나리오 작법서도 섭렵하며 말 그대로 '작법서 덕후'가 됐다.

소설을 많이 읽고 내가 쓰고 싶은 소설이 무엇인지 궁리한다. 쓰고 싶은 소설이 정해지면 꾸준히 습작해 한 편 완성한다. 습작품의 부족한 점을 알아내는 감식안을 가지기 위해 작법서를 읽는다. 고칠 점을 파악한 뒤 다시 쓴다. 읽는다. 분석한다. 다시 쓴다. 이후 무한 반복의 과정을 통해 작품의 질을 올린다.

소설편집자 경력이 소설가가 되는 데 도움이 된 건, 내 부족한 초고를 분석할 능력이 있다는 점이었다. 창작의 신이 강림한 것처럼 흥이 나서 완성한 초고가 편집자의 냉철한 눈으로 돌아보면 도저히 써먹지 못할 습작에 불과해보인다. 절망적이다.

잠시 쉬며 무너진 멘탈을 잡은 나는 곧 편집자 모드가 되어 부족한 원고를 진단하고 수정 방향을 잡는다. 다시 쓴다. 고쳐 쓴다. 나쁜 원고를 덜 나쁜 원고로 좋은 원고를 더 좋은 원고로 만들기 위해 끊임없이 고친다. 이것이 소설 작업의 핵심이기에 나는 리라잇(rewrite)이야말로 글쓰기에서 가장 중요하다고 여기는 사람이다.

> 문제를 발견할 기회는 시나리오를 처음 읽어볼 때뿐이다. 자기 자신과 작품에 사랑에 빠지는 일은 그만두고(나 또한 자신과 사랑에 빠진 적이 천 번은 넘을 것이다!!!) 필요한 일을 하라. 여기서 프로 작가와 지망생이 구분된다. 지망생은 "이 작품은 형편없어!"하고 외치고 포기하지만, 프로는 "어떻게 고쳐야 할지 알겠어!"라고 의젓하게 말하고는 고쳐나간다.◆

하지만 그것만으로는 충분치 않았다. 어쩌다 데뷔를 했고 운좋게 데뷔작이 잘 됐으나 이후 작품들은 줄곧 물을 먹어야만 했

◆ 블레이크 스나이더 지음, 이태선 옮김(2014),《SAVE THE CAT!》, 비즈앤비즈

다. 당시에는 최선을 다했다고 생각한 《연적》, 《고스트라이터즈》, 《파우스터》세 편이 연달아 많은 독자와의 소통에 실패하면서(쉽게 말해 책이 안 팔리면서), 소설가로서의 생존에 대해 고민해야 했다.

소설 쓰기는 한 번 배우면 절대 까먹지 않는 자전거 타기와는 달랐다. 쓰면 쓸수록 어려운 게 소설이었고 그래서 새 작품을 쓸 때마다 거기에 맞는 나만의 작법을 개발해야 했다. 그 과정에서 느낀 바, 결국 작법은 스스로 만든 기술이고 그 기술을 만드는 능력은 일상의 반복된 작업 패턴에서 나온다는 것을 깨달았다.

이른바 '루틴'. 그 루틴을 발휘할 수 있는 고정 공간 '작업실'. 그 작업실에서 쓸 글감을 떠올리는 '산책'. 그리고 집필 활동의 근육이 되는 '독서'. 이 네 가지 요소가 소설 쓰기의 친구가 되어 주었고 계속 나를 쓸 수 있게 만들어 주었다. 소설 쓰기도 결국 글쓰기였고, 나는 글쓰기 작업에 대한 탐구를 포기할 수 없었다. 작가. 작가는 자신만의 글쓰기 방식을 체화한 자를 가리키는 말이었다.

쓰며 배우고 써서 완성한다. 그리고 그 시간, 삶을 버티며 인생을 추스르며 보낸 나의 시간이 세상에 대해 쓸거리를 만들어 줬다. 이른바 글감. 시간이 만들어준 글감을 정리하는 건 글쓰기의 몫이었고 나는 그 몫을 꾸준히 수행한 자에 불과했다.

이 책은 글을 쓴다는 것, 소설을 쓴다는 것, 당신의 삶을 작품에 반영한다는 것에 대한 이야기가 담겨 있다. 이제 그 이야기를 본격적으로 나누어 보도록 하겠다.

첫 번째 작업실

동인천 낡은 빌라

2007년 1월, 4년 간 잘 다니던 출판사를 그만두고 '전업작가'가 되기로 마음먹었다. 전업작가라니! 이 무슨 멸종 위기 종을 떠올리게 하는 단어란 말인가. 전업작가가 되기로 하고 가장 먼저 한 일은 작업실을 구하는 것이었다. 남들은 신혼집을 알아볼 나이에 작업실을 구하러 다니던 당시의 심정은 꽤나 절박했다.

작업실을 구하는 조건은 아래와 같았다.

• 저렴한 임대료 : 전세 혹은 최소의 월세

- 방 두 개 : 작업실과 생활실 분리 필요
- 서울 밖 : 임대료 문제로 어차피 서울은 불가
- 수도권 : 시나리오 회의를 위해 서울에 다녀야 하니 수도권을 벗어나면 안 된다(글만 써서 보내도 되는 작가라면 독도에서 집필해도 됨. 하지만 초보 전업작가에게 그럴 능력이 있을 리 없음).
- 운치와 정취가 있고 무언가 창작욕을 자극할 수 있는 동네 : 바라는 것도 참 많다!
- 친구들이 찾아오기 애매한 거리 : 너무 오면 일이 안 되고 너무 안 오면 외로움
- 도보거리에 공원과 도서관 : 공원은 산책을 위해, 도서관은 책 구매비용 절약을 위해

지금 살펴봐도 참 많은 것을 요구하는 작업실 환경이다. 위 일곱 가지 조건을 모두 충족하는 지역을 찾기 위해 나는 수도권 곳곳으로 발품을 팔았다. 그 결과 찾은 곳이 바로 '동인천'. 과거 인천의 중심지였으나 이제는 한산한 곳. 그럼에도 차이나타운이 여전하고 개항장 풍경이 남아 있어 역사와 정취가 있고, 자유공원과 월미도가 가깝고 주변에 도서관 두 군데가 있는 곳. 서울에는 지하철로 한 번에 갈 수 있으며 급행이 있어 빠르게는 30분에도 다다르는 곳.

이 동네에서 괜찮은 집을 찾으면 조건을 모두 충족시킬 수 있겠다 싶었고, 발품을 판 끝에 화평동 냉면 골목 부근 송월동에 빌라 하나를 발견했다. 이곳의 스펙은 다음과 같았다.

- 지은 지 20년 이상 된 빨간 벽돌 빌라
- 엘리베이터 없는 4층. 방 두 개, 작은 싱크대 있는 마루 겸 주방, 반신욕조 들어가는 화장실
- 전세 불가. 보증금 1000에 월세 10. 관리비 없음
- 화평동 냉면 골목과 삼치구이 골목 도보 5분, 차이나타운과 신포시장 도보 15분
- 맥아더 동상이 있는 자유공원과 화도진 도서관이 있는 화도진 공원 도보 10분

자유공원은 산책하기 좋아 보였다. 삼치구이 골목과 화평동 냉면 골목은 맛과 운치가 있어 보였고, 차이나타운은 괜찮은 중화요리를 실컷 먹을 수 있을 것 같았다. 그리고 신포시장은 닭강정과 만두로 이미 꽤 유명했다. 한때 개항장으로 역사의 중심지였고 인천의 대표 번화가이기도 했던 곳이 이제 구도심이 된 것을 보니, 마치 고전 흑백영화를 보는 것 같은 묘한 정취가 느껴졌다. 실제로 이 도시 중심에 자리한 애관극장은 한국 최초의 영화관이었다.

그래. 이 조용한 도시에 숨어 글을 쓰자. 묘한 동네 분위기에 사로잡혀 나만의 이야기를 적어 내려가 보자. 그렇게 마음먹으니 바퀴벌레와 동거가 분명한 낡은 빌라가 천상의 집필 공간인 듯했다. 나는 즉시 계약했다.

2007년 2월 1일. 이사 온 뒤 마음먹은 대로 집필실과 생활실을 나눴다. 창이 큰 방1에는 책상을 넣고 책장을 주문해 넣었다. 그곳에는 책상, 의자, 책장이 전부다. 공간이 넓은 방2에는 침대를

주문했고 TV와 옷장을 설치했다. 생활공간이다. 이후 2년 간 나는 매일 방1과 방2를 넘나들며 집필 활동을 지속했다.

그리고 망했다.

작업실 계약 기간 2년 안에 시나리오로든 소설로든 제대로 된 데뷔를 하자고 마음먹었다. 혹독하게 나를 몰아붙이며 썼지만 처음 1년 간 쓴 세 편의 시나리오가 한 편도 영화화되지 못했고, 제대로 된 고료도 받지 못했다. 다음 1년은 꾸역꾸역 완성한 장편소설을 이곳저곳에 투고했지만, 대한민국의 모든 장편소설 공모전에서 떨어지고야 말았다.

그 즈음 퇴직금은 바닥이 났고 닥치는 대로 대필과 외주 원고를 쓰며 버텨야 했다. 버티며 글을 쓴다는 건 참호전과 같다. 지루한 글쓰기 전쟁. 결국 작업실 계약 기간이 끝나고 패잔병처럼 그곳을 나와야 했다.

동인천은 순식간에 꿈을 이루기 위한 작업실이 있는 곳에서, 모든 것을 잃고 좌절을 맛보게 된 곳이 되어버렸다. 고심 끝에 적절한 작업실을 얻었고, 맹렬히 글을 썼으며, 여러 가지 모색을 했지만, 데뷔는 하루 이틀에 될 일이 아니었다. 2년 동안 작업실에 틀어박혀 열심히 쓰면 어떻게든 될 거란 생각은 참으로 안일한 발상이었다.

동인천에서 내가 사랑한 건 글쓰기에 전력을 기울인 나 자신이었고, 이 도시와 이별하게 된 건 스스로의 한계를 절감했기 때문이었다. 동인천은 내 첫 번째 작업실이 있던 곳이고 습작의 광야로 절절하게 기억된다. 여행하기 좋은 동네이기도 하다. 구도

심의 숨은 매력이 넘치는 그 도시의 거리와 상점과 공원이 그립다. 그리고 온종일 그곳을 거닐며 이야기를 짜내던, 창작의 불안에 서서히 잠식되어가던 서른넷 무명작가의 모습도 그립다.

무엇보다 스스로 작업실이란 글쓰기 환경을 만들어내고 2년간 버틴 것은, 초보 전업작가의 배수진으로 나쁘지 않았다. 결기를 가지고 쓰는 법을 배웠고 잘 안 됐을 때 후퇴하는 법도 배웠다. 앞부분에 '망했다'는 표현을 쓰긴 했지만 그것은 금전적인 문제를 강조했을 뿐이다.

패배는 없다. 이기거나 배우거나.

2

나의
소설 작업 친구들

매사가 그러하지만 글쓰기 역시 왕도가 없다. 꾸준함만이 정답이고, 그것을 가능케 하는 것이 루틴과 작업실이다. 나는 '작업실 절대주의자'다. 작가에게 작업실이란 글쓰기를 방해하는 모든 요소를 제거한 진공의 공간이며, 그 자체로 글쓰기 세계로 진입하는 웜홀이다. 그러므로 진지하게 소설을 쓰고자 하는 사람은 자신만의 작업실 또는 작업공간을 구해야 한다. 소설은 짧으면 몇 개월 길면 몇 년을 투자해야 하기에 꾸준하게 쓸 공간이 필요하다. 한편 루틴은 그 작업실로 나를 보내는 행위이고 그곳에 머무는 시간을 효과적으로 보낼 수 있게 만드는 기술이다.

정리하자면 소설 쓰기의 공간에 관한 것이 작업실이고, 소설 쓰기의 시간에 관한 것이 루틴이다. 내게 소설 쓰기란 작업실에 나가 루틴을 지키며 이야기를 쓰는 것이다. 이 두 가지가 없다면 어디에 기대어 글을 쓸 수 있을지 모르겠다. 마치 사막에서 노 젓는 기분으로 글을 써야 할 것만 같은 막막함이 몰려온다. 부디 당신만의 작업실과 루틴을 확보하시길, 힘든 소설 쓰기를 지원해줄 물리적이고 심리적인 두 가지 무기를 획득하시길.

작업실과 루틴 못지않게 중요한 것으로 산책이 있다. 나에게 산책로는 '글쓰기의 용광로' 같은 곳이다. 발로 글을 쓰기 때문이다. 여기서 발로 쓴다는 건, 엉망진창 쓴다는 뜻도 아니고 취재를 많이 한다는 것도 아니다. 나는 산책을 하며 이야기를 구상한다. 산책은 뭐랄까, 아이디어와 아이디어가 반응하고 캐릭터와 캐릭터가 들끓는 나만의 창작 루트다. 작업실에서 글을 쓰다 아이디어가 떠오르지 않으면 산책을 하며 떠올린다. 그리고 작업실로 돌아와 그것을 타이핑한다. 이것이 작업 동선이다.

글쓰기에서 독서의 중요성은 말할 것도 없다. 어느 분야에나 전공필수라는 게 있지 않은가? 책읽기는 글쓰기의 전공필수다. 독서를 꾸준히 한다면 창작의 고속도로에서 작가라는 차를 몰 수 있는 운전면허증은 따 놓은 셈이라 하겠다.

그럼 지금부터 나의 소설 작업 친구 4인방을 파헤쳐보겠다. 그들은 힘겨운 글쓰기의 동료가 되어주는, 누구에게나 그 힘을 나눠주길 주저하지 않는 창작의 조력자다.

작업실

나만의 글쓰기 무인도, 작업실

미국의 소설가 레이먼드 카버는 작가 지망생에게 직업상의
비밀을 털어놓은 바 있다.

> '우선 살아남아야 하고, 조용한 곳을 찾아낸 다음, 매일 열심
> 히 써라.'◆

나도 그의 조언을 따라 부지런히 찾아다녔다. 매일 열심히 쓸
수 있는 조용한 곳을. 그래서 그나마 글쓰기 세계에서 살아남은
것 같다.

◆ 캐롤 스클레니카 지음, 고영범 옮김(2012), 《레이먼드 카버 – 어느 작가의 생》, 강

작업실을 발견하는 것은 이처럼 중요한 일이다. 글을 쓰기 위해 가장 먼저 해야 할 일은 글감을 찾는 것도, 새 노트북을 장만하는 것도 아니다. 당장 작업실을 찾아라. 당신과 써야 할 것만이 존재하는 공간을 확보해라.

작가들은 어디 운치 있는 공간을 발견하면 여기 글 작업하기 좋겠네, 라고 자연스레 떠올린다. 마치 술꾼이 좋은 경치를 마주할 때 술 생각이 나듯. 물론 성공한 작가들의 경험담을 보면 참호 속에서도 글을 쓰고, 감옥에서도 글을 쓰고, 빨래방에서 빨래가 돌아가는 동안에도 글을 쓰고, 퇴근 후 아이를 잠재우고 식탁에서 글을 쓰기도 한다. 처절한 환경 하에서 발휘되는 절대적 창작력 혹은 절박한 키친테이블 라이터의 성공담 같은, 거장들의 신화가 있다.

하지만 지금은 21세기이고 스스로를 몰아붙이며 쓰는 집필 행위는 오래갈 수 없다. 당신은 더 나은 글쓰기 환경을 추구해야 한다. 한두 작품 정도 열악한 환경에서 필사적으로 역작을 뽑아낼 수 있다. 하지만 지속하기란, 계속 작품을 완성하기란 불가능하다. 글쓰기의 왕도인 '꾸준함'을 위해 당신만의 작업실을 찾아야 한다.

앞에서 첫 번째 작업실을 구하던 경험을 나눈 바 있다. 기억나는가? 먼저 월세가 싸야 하고, 서울에서 거리가 있어야 하며, 방이 두 개여야 하고, 주변에 도서관이나 공원이 있어야 하고, 같은 나만의 필수조건이 있었다. 당신도 당신만의 조건과 사정이 있을 것이다. 돈에 여유가 있다면 오피스텔을 장기대여해도 될 것이고, 주변 분들과의 관계가 중요하다면 본인의 활동 반경 안에 작업실을 구해야 할 것이고, 집에서 글이 잘 써지면 집의 한 공간을 작업실로 써도 될 것이다.

작업실 구하기 3대 조건

그럼에도 작업실을 구할 때 최우선적으로 고려해야 할 조건은 바로 이것이다.

고립될 것.

집필 생활은 본래 고독한 감금 생활이다. 이것을 제대로 다룰 수 없다면 시작할 필요도 없다. 윌 셀프◆

글은 혼자 쓴다. 편집자, 프로듀서 같은 동료와 회의를 할 수 있다. 하지만 그 회의 결과를 반영한 작품을 쓰는 건 결국 작가한 사람의 몫이다. 내적으로나 외적으로나 고립될 수밖에 없고, 고립될 필요가 있다.

당신의 작업실이 자택 지하실이건 동네 카페이건 도서관이건 일단 지인이 없는 곳으로 가라. 글쓰기는 힘이 들기 때문이다. 자꾸 미루고 싶다. 누군가를 만나고 싶다. 반응을 듣고 싶어 미리 이야기를 털어놓고 싶고, 글쓰기를 피하기 위해 어떤 짓이라

◆ 영국 출신의 소설가, 평론가, 칼럼니스트

도 하고 싶은 법이다. 그것을 도와주는 사람이 바로 여러분의 친구, 가족, 애인이다. 글을 쓰려거든 먼저 그들로부터 고립되어야 한다. 고립될 수 있는 작업실을 구해 혼자 써야 한다.

두 번째 조건은 가능하면 저렴한 곳을 구하라는 것. 나는 마감을 위해 고급 호텔을 잡는 시나리오 작가를 알고 있다. 그는 호텔로 들어간 열흘 간 비싼 방값을 내고, 그만큼의 집중력으로 시나리오 마감을 해치웠다. 비슷한 예로 한 음악 프로듀서도 방송에서 이런 말을 했다. 작업을 위해 비행기 1등석을 탄다고. 1등석에서 음악 작업을 할 때 최고의 성과가 나온다고.

하지만 그 음악 프로듀서와 시나리오 작가도 365일을 비행기 1등석과 고급 호텔에서 작업하진 않는다. 그리고 그들도 유명해지고 금전적 여유가 있기 이전엔 이코노미 석에서 악상을 떠올리거나 싸구려 숙소에서 집필을 수행했을 것이다. 비싼 곳, 럭셔리한 작업실, 돈이 주는 책임감과 플렉스가 당신의 글을 고급지게 할 수도 있다. 그런데 그건 성공한 뒤에 하길 추천한다.

초기에는 가능하면 소박한 작업실이 좋다. 월세 부담이 없다면 더욱 좋다. 나는 지금도 월세를 내는 작업실에선 묘한 압박을 느낀다. 생계형 작가로 살아와 그런 것도 있지만, 소설 쓰기는 그 결과가 바로바로 나오는 게 아니기 때문이다. 월세는 꼬박꼬박 내야 하는데 글은 꼬박꼬박 나오지 않는다. 이 차이가 주는 부담은 가뜩이나 창작의 어려움으로 조바심이 드는 당신의 심장을 조일 수 있다. 그래서 초보 시절엔 가능하면 저렴한 임대료 혹은 공공 작업실을 얻는 게 좋다.

- 도서관
- 공공 작업실
- 카페
- 고시원
- 소호 사무실
- 공유 작업실

　잘 찾아보면 생각보다 많은 무료 혹은 최소 비용의 작업실이 있다. 저축에 여유가 있다면 전세 작업실을 얻는 것도 방법이다.

　세 번째 조건은 작업실 부근에 '쉴 만한 물가'를 찾아야 한다. 하루 종일 글만 쓰면 머리가 터질 수 있다. 지속 가능한 글쓰기를 하려면 글쓰기와 휴식의 황금분할이 필요하다. 작업실 부근에 이런 공간이 있다면, 적절히 글쓰기와 휴식을 배분할 수 있을 것이다.

　누군가는 커피 브레이크가 가능한 카페가, 누군가는 머리를 식힐 수 있는 산책로가, 누군가는 책 향기를 맡을 수 있는 서점이, 누군가는 멍 때릴 수 있는 공원 벤치가 필요할 것이다. 작업실에서의 긴장을 풀어줄 휴식 공간이 가까이에 있어야 한다.

　정리하자면 작업실을 구하는 데 있어서 당신은

- 고립될 수 있는 곳
- 금전적 부담이 적은 곳

• 주변에 휴식처가 있는 곳

 이들을 충족시키는 작업실을 구하면 일단 글을 쓸 준비가 된 것이다. 이후엔 아래와 같다.

 작업실에 가서
 글을 쓴다.
 오래 계속.

 자신의 환경에 맞는 작업실 혹은 작업 공간을 구하는 것은 자기 글쓰기를 알아가는 과정이기도 하다. 당신이 어느 곳에서 글을 쓸 때 집중이 잘 되고 능률이 있는지 알려면, 여러 장소를 오가며 써 보고 그중 괜찮은 곳을 알아내야 한다. 명심하라. 글 쓰는 환경은 중요하다. 그곳에 앉으면 곧 집필 모드로 전환되는 효과가 발휘되는 곳, 그곳이 당신의 작업실이 되어야 한다.

루틴

글쓰기의 루틴이란?

routine 미국·영국 [ruːˈtiːn]

– [명사] 〈규칙적으로 하는 일의 통상적인 순서와 방법〉

– [명사][못마땅함] (지루한 일상의) 틀, (판에 박힌) 일상

– [형용사] 정례적인

　종종 작가의 삶이 운동선수의 삶과 비슷하다고 느낀다. 둘 다 머리와 몸을 써 예술적인 플레이를 수행한다는 점도 그렇고, 프로로 가는 과정에서의 연습과 완성의 방식도 닮았다.

　야구를 예로 들자면, 야구선수 역시 오랜 시간 노력해 프로선수가 된다. 초등학교 때부터 선수로 훈련을 받아 스무 살 남짓 겨우 프로가 될 자격을 얻는다. 그런데 프로가 된다고 바로 주전

이 되는 건 아니다. 류현진, 김광현 선수 같은 예외가 있지만 대부분 2군에서 여러 해 단련한 뒤 1군에 올라오게 되고, 이후 주전 기회를 노리게 된다.

작가 역시 비슷하다. 대개 스무 살 즈음 작가가 되기 위해 문예창작과나 극작과, 연영과, 국문과 등에 진학한다. 전공이 아니어도 자신만의 글쓰기가 구체화되는 시기는 스무 살 전후이다. 스무 살에 작가가 되기로 작정하고 공부와 습작을 하더라도, 실력이 쌓이고 운도 따라야 하며, 대략 서른 살 전후로 데뷔하는 게 현실이다. 물론 데뷔하고도 안정적으로 활동하는 작가가 되려면 다시 수 년 간의 노고가 필요하다. 마치 2군 선수가 1군에 가서도 주전이 되기까지 상당한 시간을 보내듯.

프로 운동선수는 모두 그들만의 루틴이 있고 그것을 매우 중요시한다. 작가 역시 루틴이 매우 중요하다. 내키는 대로 글을 쓸 수는 없는 법이다. 프로 운동선수가 매일의 연습을 통해 자기만의 폼을 만들고 스킬을 체화하듯, 작가 역시 매일 꾸준한 습작으로 글쓰기 감각을 놓지 않고, 그 안에서 자기만의 폼과 스킬을 장착해야 한다.

- 류현진의 체인지업
- 김광현의 슬라이더
- 양준혁의 만세타법
- 박병호의 어퍼스윙

모두 꾸준한 연습으로 자기만의 '폼'을 완성해 실전 적용한 프로들만의 '기술'이다. 작가 역시 그래야 한다. 우리는 그것을 '문체' 혹은 '스타일'이라고 부른다. 그런데 유명 작가의 작품을 필사하고 좋아하는 작가의 작품을 많이 읽는다고 문체가 생기지 않는다. 무조건 자기 글을 많이 써야 한다. 많이 쓰려면 매일 써야 한다. 매일 쓰다 보면 자기만의 방식이 생기고 그게 스타일이 된다. 그리고 매일 쓰기 위해 가장 중요한 것이 바로 '루틴'이다.

삽질의 기술

종종 "오늘은 그분이 안 와 안 써지네." 같은 작가들의 푸념을 듣곤 한다. 흔히 말하는 '영감'과 '뮤즈' 타령. 당연히 컨디션이 안 좋은 날은 영감이 덜 오겠고 글이 안 써지면 푸념을 하게 된다. 하지만 푸념은 푸념일 뿐 프로 작가는 컨디션을 조절해야 한다. 루틴을 수행해야 한다. 글쓰기의 루틴은 뮤즈가 오길 기다리는 게 아닌 뮤즈를 찾아 나서는 행위라고 할 수 있다.

"뮤즈는 분명히 존재하지만 그(전통적으로 뮤즈는 여신이라고 하는데 왠지 나의 뮤즈는 남자이다. 아쉽지만 어쩔 수 없는 노릇이다)가 여러분의 집필실에 너울너울 날아들어 여러분의 타자기나 컴퓨터에 창작을 도와주는 마법의 가루를 뿌려주는 일은 절대로 없다. 뮤즈는 땅에서 지낸다. 그는 지하실에서 살고 있다. 그러므로 오히려 여러분이 뮤즈가 있는 곳으로 내려가야 한다. 그리고 내려간 김에 그의 거처를 잘 마련해줘야 한다. 다시 말해서

낑낑거리는 힘겨운 노동은 모두 여러분의 몫이라는 것이다."[◆]

스티븐 킹 왈 뮤즈는 지하에 있다고. 그래서 지하로 내려가는 힘겨운 노동이 필요하다고 한다. 이걸 해석하자면 바로 '삽질'을 하라는 거다. 삽질을 해서 지하로 파내려 가야 뮤즈를 발견한다는 것이다. 글쓰기는 삽질이고 삽질을 오래 잘하려면 삽질의 기술이 필요하다. 여기서 삽질은 '애쓰는 노동'이기도 하고 '헛발질'이기도 한데, 이는 정확히 글쓰기와 일치하는 표현이다. 글쓰기 역시 헛수고가 될 여지가 많은 노동이다. 삽질의 기술, 글쓰기의 패턴, 그게 루틴이다.

나의 글쓰기 루틴은 이러하다.

• 아침. 기상. 샤워.
• 한 시간 정도 걸어서 출근(하며 오늘 집필 내용 브레인스토밍)
• 작업실 도착. 손 씻기(경건하게 노트북 자판을 치려는 의지)
• 한 시간 정도 이메일 확인 및 웹서핑
  (세상 돌아가는 뉴스와 내게 온 뉴스 살피기)
• 다시 손 씻기. 세수하기
  (세수를 하면 본격적인 집필에 들어가겠다는 신호)
• 오늘의 노동요 선곡 후 한 시간 정도 집필에 몰두

◆ 스티븐 킹 지음, 김진준 옮김(2017), 《유혹하는 글쓰기》, 김영사

- 커피 혹은 차를 마시며 한 시간 동안 쓴 글에 대해 생각 후 다음 글쓰기 준비
- 다시 한 시간 정도 집필 후 침상에 누워 쉬기
  (책도 읽고 스마트폰도 들여다본다)
- 점심. 침상에서 기상. 작업실을 나가 산책(하며 오후에 쓸 내용 구상)
- 작업실 돌아와 다시 한두 시간 집중 집필
- 분량과 내용이 만족스러우면 퇴근
- 만족스럽지 않으면 다시 쉬거나 차를 마시며 환기 후 집필 재개
- 저녁. 퇴근
- 집. 저녁 식사 후 쉬다 잠듦

　이것이 나의 지루한 일상이다. 그리고 눈치챈 사람이 있겠지만 아침과 점심 식사시간이 없다. 저녁 한 끼만 먹기 때문이다. 1일 1식이 글쓰기와 삶의 루틴이 된 지 오래다. 일단 배가 부르면 글이 잘 안 써진다. 이것도 꾸준한 집필 생활을 통해 알게 된 사실이다.

　한편으로 집필 한 시간 후 휴식의 패턴을 유지한다. 젊을 때는 밤도 새우며 쓰고 아홉 시간 열 시간 쉬지 않고도 썼다. 하지만 이제는 체력도 몸도 안 된다. 무엇보다 고질병을 앓고 있는 척추 디스크에 무리가 가지 않게 쉬어줘야 한다. 작가의 신체는 유한하다. 이것이 루틴이 필요한 또 하나의 이유다. 글을 쓰는 몸을 위해 아껴 몸을 써야 하는 것이다.

　당신만의 글쓰기 루틴을 만들어야 한다. 지루한 일상의 루틴을 지켜주면, 결국 그 루틴이 당신의 글쓰기를 지켜줄 것이다.

산책

산책이 아니었더라면 내 머리는 터져버렸을 것이다. **찰스 디킨스**

디킨스는 실제로 불면증 환자였으며 밤새 런던 거리를 걸으며 화려하고 비참한 도시의 양면성에 주목했다. 그는 지금으로 말하자면 '부캐'인 '비상업적인 여행자'라는 이름으로 이런 밤 산책을 연재했고, 그것을 《밤 산책(Night Walks)》이라는 책으로 출간한 바 있다.

나 역시 디킨스와는 다르면서도 같은 이유로 산책을 한다. 그가 런던의 밤거리를 걸으며 도시의 이면을 글로 정리했듯, 나는 매일의 글감을 구상하기 위해 산책을 한다. 디킨스가 도시의 혈맥 같은 골목을 산책하고 글을 썼다면, 나는 작품 속 난맥을 짚는 산책을 하고 글을 쓴다. 둘 다 산책이 없었으면 머리가 터져버렸을 거란 공통점도 있다.

산책자. 어쩌면 산책자는 작가의 다른 이름일지도 모르겠다.

오랜 시간 작업실에 앉아 있어야 하는 특성상, 산책은 작품과 나를 열린 공간으로 데려가 바람을 쐬게 해준다. 소설 쓰기가, 작품 구상이, 복잡한 상념이, 앉아서 일하느라 생기는 디스크의 무리가, 모조리 산책으로 해결된다. 한마디로 산책은 나에게 '글쓰기의 필살기'다.

작품 구상을 위해 작가들은 온갖 방법을 쓴다. 동원할 수 있는 것을 다 가져다 쓴다. 그것이 생계이고 생의 존재 이유이기 때문이다. 글 못 쓰는 작가는 수입이 없는 건 둘째 치고 밥 먹는 순간에도 죄책감이 든다. 이를 극복하기 위해 누구는 하루에 수십 번 샤워를 한다. 누구는 소파에 등이 접착될 때까지 누워 상상을 한다. 누구는 하루 종일 변기에 앉아 안 나오는 배설 대신 구상을 쥐어짠다. 어떤 작가는 안 풀리는 작품을 머릿속에 띄워놓고 잠을 청하면 꿈에 답이 나온다고 한다. 또 어떤 작가는 헬스나 러닝 같은 격렬한 육체 운동 과정에서 작품 아이디어를 떠올린다.

나는 걷는다. 산책이고, 또 산책이며, 오직 산책이다.

지방 문학관에 가자마자 그 동네 걸을 만한 길부터 탐색한다. 몇 군데 루트를 정하고 오늘은 이 길로 내일은 저 길로 다닌다. 그러다가 가장 안정적인 코스를 발견하면 그 길로만 산책을 한다. 루틴이 되고 일과가 되어 그 길에 들어서면 생각이 자동으로 활성화될 수 있게 하기 위해서다.

제주의 어느 중산간 길에서 그토록 풀리지 않던 《연적》의 클라이맥스가 터져 나왔다. 대전의 갑천 산책로에서 《파우스터》의 반전 아이디어가 떠올랐다. 그 반전 아이디어가 떠오른 순간은 산책로에 허리를 굽혀 키스라도 하고 싶은 심정이었다. 길에서

금덩이를 주운 것 같았다. 이러니 내가 비트코인 대신 산책을 하는 것이다.

지금까지 작가에게 산책이 얼마나 중요한지 엄청나게 강조했다. 당신도 작품을 구상하기 좋은 산책로 혹은 그에 준하는 장소를 발견하기 바란다. 그런 곳을 발견한다면 글쓰기의 두려움도 한층 줄어든다. 안 풀릴 때 그곳을 찾아가면 글쓰기의 길도 찾아질 거란 안심이 들기 때문이다.

독서

  작가를 꿈꾸는 이들이라면, 아니 작가가 아닌 누구라도 글쓰기와 독서와의 상관관계를 예상할 수 있을 것이다. 그런데 의외로 작가 지망생이 독서에 게으른 경우를 본다. 그럴 때 나는 이렇게 말한다. "가수가 되고 싶은데 노래를 안 들으시는군요."

  독서는 그 무엇으로도 대체할 수 없는 글쓰기의 핵심 요소다. 독서는 그냥 작가가 밥 먹는 거라고 보면 된다. 또한 독서는 글쓰기를 떠나 한 인간으로서 배움을 지속하는 길이기도 하다.

  이런 독서 만능주의자 같은 발언을 하는 이유는, 독서 붐이 일어나 내 책이 더 팔리기 위해서도 아니고, 독서인구가 늘어 도서관이 많아지길 바라서도 아니다. 독서가 글쓰기의 기본이고 뼈대이기 때문에 강조하는 것이다. 책 읽기 없이 글을 쓴다는 건 뭐랄까, 근육이 안 만들어진 씨름선수라고 할까? 상대를 넘길 기술도 근육에서 올라오는 근력 없이는 불가능하듯, 독서 없이는 글 쓰는 힘을 제대로 발휘할 수 없다.

"그런데 나는 소설 말고 영화 시나리오나 드라마 대본을 쓸 겁니다. 이런 경우엔 독서보다 영화나 드라마를 많이 보는 게 낫지 않나요?"라는 질문도 받곤 한다. 답하자면, 당연히 영화나 드라마도 많이 봐야 한다. 하지만 영화 시나리오와 드라마 대본 역시 텍스트로 이루어져 있다는 걸 잊어서는 안 된다. 이미지(장면)를 상상하게 만드는 텍스트(글)를 쓰는 게 대본 작업의 본질이다. 그런데 그 행위가 바로 독서가 아닌가?

글을 읽으며 장면을 상상하는 게 소설 읽기의 과정이다. 애초에 대본을 그림 콘티로 그린다거나 혹은 머릿속 상상을 특수 장치로 출력해 구현하지 않는 이상, 당신은 글을 써 이미지를 상상하게 하는 텍스트를 쓰는 사람이다. 텍스트 해석력, 텍스트 표현력. 이 모든 것이 독서에서 시작된다.

내가 생각하는 독서의 수많은 효용 중 글쓰기에 도움이 되는 디테일을 정리해보았다.

독서는 겸손과 투지의 원동력

나는 도서관에 갈 때마다 겸손해진다. 마치 성전에 들어선 것처럼. 목차만 훑어봐도 경외감이 드는 책들을 마주한다. 고전. 걸작. 숨은 역작. 좋아하는 작가의 책. 어딘가 부족하지만 매력 있는 책. 한 사람이 자신의 전 생애를 짜내 기록한 이야기. 나는 그것들을 살피며 글쓰기의 겸양을 배운다.

한편으로 투지를 채운다. 더 열심히 써야겠다. 뒤지지 않는 책을 내기 위해 투지로 써야 하겠다. 그렇게 쓰지 않으면 이곳에 진열되는 것만으로 망신일 테니. 독하게 써 부끄럽지 않아야겠다는 다짐이 마구 솟아오른다.

독서는 자신감의 원천

한편으로 독서를 많이 하면 자신감이 생긴다. '아니 이런 책도 출간이 됐단 말이야? 나도 이 정도는 쓸 수 있겠네.'라는 의욕이 솟아오른다. 못 믿겠으면 지금 당장 도서관 혹은 서점에 가보시라. 한 시간 정도 이 책 저 책 들춰보다보면 자신감이 차오르는 순간을 경험할 수 있을 것이다.

독서는 취재

인터넷 시대에 데뷔한 나는 일정 부분 검색을 통해 취재를 한다. 검색은 편하고, 실용적이며, 절대 쉽게 알 수 없는 사실도 자판기에서 커피 뽑듯 알려주니까. 하지만 때론 잘못된 정보를 주기도 하며, 어떤 내용을 취사선택해야 할지 모를 때도 있다(정보가 무분별하게 많기 때문이다). 무엇보다 정보를 깊이 파고들어가고자 할 때 인터넷에서 건져 올린 것들은 겉핥기에 그치는 경우가 많다.

움베르토 에코가 이런 말을 했다. "인터넷은 신이다. 하지만 아주 멍청한 신이다." 인터넷에는 과다한 정보와 부적절한 정보가 널려 있기에 취사선택이 쉽지 않다는 점을 지적한 말이다. 결국 인터넷을 통한 취재는 '사려 깊은 검색'이 필요하다. 그런데 사려 깊은 검색을 통해 얻은 고급 정보를 모아놓은 것이 바로 책이다. 그러므로 책을 통해 관련 취재를 하는 것이야말로 매우 실용적이고 또 세밀하게 정보에 파고들 수 있는 길이다.

가령 당신이 경찰과 의사가 주인공인 이야기를 구상했을 때 인터넷 검색은 기초적인 조사를 도와줄 따름이다. 직접 만나 취재하는 것은 어느 정도 친분이 있는 경찰과 의사가 있을 때나 가능하다. 그런데 경찰이 쓴 책, 의사가 쓴 책을 읽으면 의미 있는 정보와 감상을 얻을 수 있다. 대화만으로는 알 수 없는, 글로 정리된 직업의 내면을 엿볼 수 있다. 책은 저자의 생각과 정보가 내밀하게 정리되어 있기 때문이다. 지금 당신이 쓰려는 글의 정보를 책에서 찾기 바란다.

독서는 문장 강화

책을 읽는다는 것은 문장을 해석하는 것이다. 한편으로 다양한 문장과 문체를 접하며 자신이 선호하는 문장과 문체를 배울 수 있고, 이를 반복하다 보면 스스로의 글쓰기에 자연스럽게 적용할 수 있게 된다.

독서는 단어 수집

독서를 통해 정보를 수집하는 건 기본이고, 단어를 수집하는 건 보너스다. 소설을 완성하는 게 집을 짓는 것이라면 단어는 벽돌과 인테리어 소품과 같다. 자재가 많을수록 집은 단단하고 아름답게 지어질 것이다.

독서는 공감

독서는 책을 쓴 작가의 생각과 감정을 엿보고 따라가 보는 행위다. 자연스레 공감을 하고 그로 인해 공감능력이 향상된다. 그리고 그 공감능력이 당신 이야기의 주인공을 공감 가는 인물로 만들어 줄 수 있다.

독서는 다른 인생을 사는 것

무엇보다 소설 읽기는 다른 인물의 삶을 간접 체험하는 것이다. 소설가가 쓴 새로운 세계를 경험하는 것이다. 이것은 타인의 삶에 대한 이해를 가지게 해준다. 지금 내 현실이 힘들고 내가 쓰는 이야기가 안 풀려도 이미 완성된 이야기 하나를 즐길 수도 있다. 나는 스트레스를 받을 때마다 소설을 읽는다. 다른 세계에 잠시 머무르며 현실을 잊는 것이다.

마지막으로 흐뭇한 경험을 하나 이야기하겠다. 2013년 여름, 4호선 지하철 맞은편 좌석에서 《망원동 브라더스》를 읽는 독자를 목격한 순간을 나는 잊을 수 없다. 벅차오르는 마음에 하마터면 다가가 인사하고 이 책을 어떻게 고르셨냐고 물어볼 뻔 했다. 다행히 꾹 참고 그분의 독서를 훔쳐보며 이런 생각이 들었다. 내 책을 읽는 독자를 만나기 위해 나는 소설을 쓴 게 아닐까.

독서의 효용을 하나 더 추가하겠다. 독서는 작가를 기쁘게 한다.

두 번째 작업실

카페

  동인천 작업실 이후 서울에 올라온 나는 마포구 합정동에 집을 구했다. 당인리 발전소 부근의 작은 빌라였다. 그곳에서 2년을 지냈고 다시 성산동의 빌라에서 2년을 지냈다. 이 시기는 주로 카페에서 작업을 했고, 공공 작업실을 발견했으며, 지방의 창작 공간에 입주하는 기회도 얻게 된다. 바야흐로 나의 '작업실 찾아 삼만리'가 시작된 때다.

  그간의 경험으로 얻은 교훈은 이것이었다. '작업실은 집 밖에 얻을 것.' 동인천 작업실에서 2년 간 '작업 방'과 '생활 방'을 오가며 일했지만, 그리 효율적이지 못했다. 이후 '작업은 작업실에서, 생활은 거처에서'가 지금까지 나의 작업 방식이다. 물론 기존 집에 또 작업실을 구하는 것은 생계형 작가 입장에서 불가능했기에, 이때부터 카페를 전전하게 되었다.

카페. 카페는 친구를 만나고 수다를 떨고 맛있는 커피와 디저트를 먹는 곳이어야 함에도, 혼공족들과 작업족들의 공간이 된지 오래다. 이제는 작업실을 표방하는 카페도 있어 부담 없이 일할 수 있다. 하지만 내가 카페를 작업실로 이용하던 시기는 카페 작업이 꽤나 눈치가 보이는 일이었다.

합정동 시절엔 집 주위 여러 카페를 돌아다녔다. 아직 동네가 인기 있는 지역이 되기 전이었다. 물론 카페에서 하루 종일 글을 쓰진 않았다. 종일 카페 한 자리를 차지하는 건 커피를 두 잔 시키고 그때마다 케이크를 먹어도 미안한 일이기에 오래 시간을 보내진 않았다. 나는 글을 쓰다 (허리 통증으로) 수시로 누워야 하고 (구상이 필요하면) 산책도 해야 하기에, 카페에서의 집필은 하루 중 3시간 정도였다.

그렇다면 다른 시간엔 집필을 안 했는가? 집필 준비를 했다. 오전에는 집안일을 하고 산책을 하며 작품을 구상한 뒤, 노트북을 켜고 그날 작업의 개요를 간단히 정리한다. 잠깐 휴식 후 출근하듯 카페로 향한다. 도착한 오후의 카페에서 커피 한 잔으로 머리를 각성하고 글쓰기도 각성해 집필에 몰두한다. 그렇게 3시간 정도 '집중 집필'을 하고 다시 산책을 겸해 동네를 돌다 귀가한다. 집에 오면 식사 후 그날 카페에서의 집필 분량을 퇴고하면 하루가 정리된다.

말하자면 집필의 세 가지 과정 중 '집중 집필'만을 카페에서 진행하는 것이다. 구상과 초안은 카페에 가기 전에, 퇴고는 집에 돌아와 하는 것으로 시간을 분할하고 효율을 높였다.

이처럼 카페를 집필 장소로 이용할 때에도 자기만의 방식을 찾는 게 중요하다. 내게 카페는 커피 값을 내고 대여한 1회용 작업실이고, 그 시간을 온전히 집중 집필 타임으로 사용하는 게 효과적이었다.

물론 카페를 '1회용 작업실'이라 명명했지만, 단골 카페가 있어 지정석도 있고 반겨주는 사장도 있으며 때론 노트북을 켜 둔 채 산책을 다녀와도 된다면…… 환상적인 풀타임 카페 작업실이 될 수도 있다. 그러나 나는 단골 술집은 잘 발굴하면서 단골 카페를 찾는 데는 내내 실패하고 말았다.

요즈음 나는 카페를 검토 장소로 애용한다. 완성한 원고 분량을 출력해 가방에 넣고 작업실을 나선다. 좋아하는 거리를 무작정 걷다 괜찮아보이는 카페에 들어간다. 그곳에서 커피를 마시며 한두 시간 원고를 정독하면, 그 순간만큼은 자기 원고의 편집자가 되는 것이다. 그렇게 카페를 검토 장소로 사용하고 다시 집필실로 돌아오면, 나 자신과 원고가 변신이라도 하고 온 듯 새 기분을 얻는다.

당신의 1회용 작업실은 어디인지, 그곳의 커피는 맛이 있는지, 아니면 글이 잘 써지는지? 둘 중 하나만 좋아도 오케이다. 글이 안 써지면 맛있는 커피로 위로를 받고, 글이 잘 써지면 커피가 맛없어도 돈이 아깝지 않을 것이다.

있으면 자주 애용하시고 없으면 어서 발굴하시길.

3

이야기 탄생의 비밀

아이템과 제목 그리고 본질적인 고민 몇 가지

아이템이란?

　당신은 이제 최적의 작업실도 구했고 나름의 루틴도 잡아가고 있다. 산책로 혹은 그에 준하는 작품 구상 구역도 발굴했고 독서력도 두터워졌다. 이제 필요한 것은 무엇인가?

　바로 '글감'이다. 여기서 내가 말하는 글감은 소재와는 다른 개념이다. 소재는 글을 쓰는 바탕이 되는 재료다. 글감은 소재라는 재료에 자신만의 아이디어가 첨가된 것이라야 한다. 이 글감을 흔히 영어로 '아이템'이라고 부른다. 문화콘텐츠 분야뿐 아니라 사업, 장사, 심지어 범죄 분야에서도 우리는 이 말을 쓴다.

　소설가인 내게 아이템이란 '소재 + 아이디어'를 뜻한다. 당신이 법정 소설을 쓴다고 하면 법정과 법조계의 모든 것이 소재가 될 수 있지만, 여기에 당신만의 아이디어가 결합해야만 아이템이 될 수 있다. '천재적인 두뇌를 가진 변호사의 이야기'는 '소재'다. 하지만 '천재적인 두뇌를 가진 변호사가 자폐 스펙트럼도 가지고 있으며, 그가 한계를 이기고 법정에 선다는 이야기'는 '아이템'이다.

  작가는 모름지기 소재에 자기만의 아이디어를 첨가해 아이템을 만들 수 있어야 하고, 그 아이템을 바탕으로 작품을 써나가야 한다. 단순히 소재에만 멈춰선 독자들의 흥미를 끌 수 없고 자신의 생각도 담을 수 없다.

  당신은 아이템이 있는가? 아이템이 없다는 것은 소재와 아이디어가 없다는 것이고 그렇다면 소설을 쓸 수 없을 것이다. 부디 당신의 아이템을 정하고 그것에 대해 오래 궁리한 다음 책상에 앉길 바란다. 만약 소재만 있고 아이디어는 없다? 그렇다면 아이디어를 떠올려야 하고, 아이디어가 안 나온다면 그 소재는 당신과 맞지 않는 것일 수 있다.

  왜냐하면 소설가가 되려면 적어도 아이디어가 생성될 만한, 자신이 잘 아는 소재(혹은 분야)가 있어야 하기 때문이다.

아이템 떠올리기

소설가가 되고 나서 이런 요청을 자주 받았다. 내가 살면서 이 분야에서 이러하고 저러한 일을 겪었는데 아주 재미있고 기가 막히다. 노트에 쓰면 수십 권은 된다. 그러니 당신이 한 번 써보지 않겠느냐? 거기에 대해 나는 이렇게 답하곤 했다. 저에게 당신의 이야기를 쓰게 하려면 많은 돈이 듭니다.

왜냐하면 소재는 널려 있기 때문이다. 거기에 아이디어를 첨가해 아이템으로 만드는 공정이야말로 작가의 전문 기술이기에, 가치가 있는 것이다. 당신이 소설가가 되고 싶다면 소재에 아이디어를 첨가한, 최초의 씨앗과도 같은 이 아이템을 만들어 낼 수 있어야 한다.

그렇다면 아이템은 어떻게 만드는가? 작가마다 자기만의 아이템 고안법이 있겠지만 내가 생각하는 아이템을 만드는 방법은 아래와 같다.

쓰려는 분야에 대해 잘 알아야 한다

소재. 소재에 대해 파고들어야 한다. 외계인에 대한 소설을 쓰려면 외계인에 대해 알아야 한다. 관련된 책들과 영상을 파고 또 파야 한다. 외계인을 만나 취재를 하면 좋겠지만 그리 쉽지 않은 일이기에, 세상 사람들이 외계인을 상상하고 만든 창작물을 섭렵해야 한다. 마찬가지로 편의점에 대한 소설을 써야 한다면 편의점을 자주 들락날락거려야 한다. 편의점에 관한 책과 영상도 찾아 봐야 한다. 편의점 종사자를 대상으로 취재도 해야 한다. 직접 편의점에서 일해 보는 것도 방법이 될 것이다.

쓰고 싶은 이야기의 방향을 찾아라

그 분야에 대한 이해가 생겼다면 그 이해를 바탕으로 당신이 쓰고 싶은 이야기의 방향을 찾아야 한다. 이 지점에서 바로 아이디어가 첨가되는 것이다. 우리 시대 가장 흔한 공간인 편의점에서 사람들이 불편하지만 서로를 간섭하며 인간미를 나눈다는 설정을 완성한 것은, 그곳에 노숙자를 투입해서였다. 노숙자를 투입한 것은 이 이야기를 불편하게 만들겠다는 방향성에서 나온 결정이었다. '불편하지만 필요한, 인간들의 소통이 편의점에서 일어난다'는 소재에 '정체불명의 노숙자가 편의점에서 일한다'는 아이디어를 더해 나는《불편한 편의점》을 쓰게 되었다.

아이디어를 적절히 결합시켜라

네 번째 소설《파우스터》를 구상할 당시 나는 카이스트 (KAIST)의 입주 작가로 지내고 있었다. 입주 기간 중 7주 간의 스토리텔링 워크숍을 진행했고, 참여한 학생들과 친밀한 교류를 나눌 수 있었다. 그때 이런 생각이 들었다. '이 똑똑한 친구들은 사람 머리를 해킹하는 기계도 만들 것 같은데…….'

당시 나는 괴테의 《파우스트》를 읽고 있었고, 악마와의 거래로 젊은 몸을 얻은 파우스트의 방황이 나를 사로잡고 있었다. 그런데 이 《파우스트》의 핵심 소재와 '사람 머리를 해킹하는 기계'라는 아이디어가 내 머릿속에서 어느 순간 결합하는 것이 아닌가? 《파우스터》는 그렇게 탄생되었다. 가난한 젊은이들의 머리를 해킹해 그들의 시청각을 느낄 수 있는 '파우스트'라는 호칭의 부자 노인들. 그리고 그것을 통해 돈을 버는 '메피스토'라는 회사. 그리고 그들에게 자기도 모르게 시청각을 해킹당한 채 조종당하는 젊은이들, 그들을 '파우스터'라고 부른다면?

《파우스터》는 내가 지어낸 단어이자 이 소설의 제목이다. 원작인 괴테의 고전도 어려워 보이는데 제목까지 어렵고 헷갈리기에(요즘도 리뷰에 이 책을 '파우스트'라 쓰시는 분들이 많다) 확실히 좋은 제목은 아니다. 아쉬움은 없다. 과감한 시도였기에 만족한다.

다만 과감한 시도에는 대가가 따르는 법. 단숨에 받아들여지지 않는 제목은 좋은 제목이 아니기에, 관심과 판매에 도움이 되지 않았다. 당신은 이 말에 동의하지 않을 수도 있다. 제목이 꼭 단숨에 받아들여지지 않더라도 의미가 있고 작품을 대표한다면 괜찮지 않냐고? 물론 그럴 수 있다. 하지만 그것은 나의 네 번째 소설 《파우스터》와 다섯 번째 소설 《불편한 편의점》의 판매 차이만큼이나 크다.

이제 아이템 못지않게 중요한 '제목'에 대해 알아보도록 하자.

제목이란?

　제목은 얼굴이다. 사람들의 눈길을 끌어야 한다. 눈에 띄지 않는 얼굴을 선호하는 사람도 있겠지만, 우리가 소설을 써서 서점에 내는 이유는 주목받기 위해서가 아닌가? 고로 제목은 시선을 끌어야 하고 단숨에 와닿아야 한다. 《파우스터》는 한번에 와닿지도 않고 헷갈리기도 좋다. 게다가 몰입감 넘치는 스릴러 소설임에도 어려워 보인다는 선입견을 준다. 반면 《불편한 편의점》은 제목부터 눈길이 간다. 단숨에 궁금증이 인다. 편의를 위한 편의점이 불편하다는 아이러니가 책에 관심을 갖게 하는 것이다.

　딱히 소설을 예로 들지 않더라도 제목의 중요성은 이루 말할수 없다. 당신이 가게를 차린다고 하자. 가게 이름을 무엇으로할 것인지는 장사의 성패를 좌우하는 일이다. 우리는 거리를 걷다가 실소를 터트리게 하는 상호를 보기도 하고, 저런 가게 이름으로 대체 무얼 팔아먹겠다는 걸까, 고개를 젓게 만드는 상호를 보기도 하며, 감탄이 나올 정도로 기발해 당장이라도 들어가고 싶게 만드는 상호도 발견한다.

가게 이름은 허락을 받고 짓는 것이 아니어서 주인의 개성이 십분 반영된다. 그래서 우리는 때로 욕을 연상케 하는 상호와 부정적 표현으로 점철된 상호를 발견하는 것이다. 네이밍의 중요성을 이처럼 강조해도 와닿지 않는다면 당신의 이름을 떠올려보자. 당신은 당신의 이름을 다시 지어 붙인다면 무어라 짓겠는가? 쉽게 결정할 수 있는 일은 아닐 것이다.

좋은 제목이란?

    이처럼 좋은 제목은 좋은 이름과 같다. 불리기 쉽고 기억하기 좋고 호감이 간다면 더할 나위 없는 제목이다. 또한 이름이 당신을 대변하듯 작품의 내용을 대변해야 한다. '제목은 당신의 작품 속 글귀 중 가장 중요한 글귀여야 한다'는 말이 있듯, 제목만 떠올려도 작품의 내용이 얼추 연상되는, 중요한 단어가 제목에 담겨 있어야 한다.

    여기에 궁금증까지 들게 만드는 제목은 힘이 세다. 작가들은 그래서 제목에 아이러니를 심는다. 나의 대표작뿐 아니라 수많은 책들의 제목에 아이러니가 담겨 있다. 《선량한 차별주의자》, 《친밀한 이방인》, 《밝은 밤》, 《천문학자는 별을 보지 않는다》 등. 모두 아이러니가 담긴 제목이고 그것이 궁금증을 유발해 책을 펼치게 만든다.

    마지막으로 제목은 완성되고 나서 붙여지는 것이 아니다. 제목은 완성된 작품의 얼굴이기도 하지만 작품 집필 과정의 표어이기도 하다. 당신은 제목이라는 표어를 붙이고 작품을 써야 한다. 그래야 일관성을 유지할 수 있을 것이다. 첫 산문집《매일 쓰고 다시 쓰고 끝까지 씁니다》에서 나는 '제목은 창작이라는 험난한 항해를 하는 데 필요한 돛대'라고 표현한 바 있다.♦ 돛대가 없이 항해하는 배는 표류할 수밖에 없다. 제목을 짓지 않거나 가제를 달고 출발하는 배는 난파되기 십상이다.

♦   김호연 지음(2020),《매일 쓰고 다시 쓰고 끝까지 씁니다》, 행성B

'아이템'과 '제목'이라는 원투 펀치

서점에서 사람들이 당신의 소설을 집어 들게 하고 싶은가? 그렇다면 무조건 아이템과 제목이라는 원투 펀치를 잘 날려야 한다. 소설 기획의 핵심인 이 두 가지 도구로 독자들을 사로잡지 않고서는, 당신의 소설을 사람들에게 읽히기 쉽지 않을 것이다. 사람들은 바쁘다. 소설은 많다. 아니, 책이 많다. 다시 정정하자. 책 말고 즐길 거리가 넘쳐나는 세상이다. 이 시대의 소설은 튀어야 한다. 눈에 확 들어오는 기획 즉 호기심과 관심을 끌 제목과 아이템이 아니라면 사람들은 자신의 돈과 시간을 소설에 할애하지 않는다.

그래서 아이템이 신선해야 한다. 제목이 책을 펼치게 만들어야 한다. 제목도 궁금증이 일고 아이템도 흥미롭다면, 즉 원투 펀치가 제대로 가동된다면, 사람들은 당신의 소설을 집어들 것이다.

소설가는 자신의 이야기를 쓰는 사람이기도 하지만 파는 사람이기도 하다. 세일즈의 영역에서 보자면 제목과 아이템은 상품명과 카피다. 수많은 회사의 마케팅 부서에서 이것을 위해 전력을 기울인다. 작가도 회사다. 다만 1인 회사이기에 당신의 소설을 팔 궁리도 직접 해야 하고, 팔릴 만한 제목과 카피도 직접 작성해야 한다.

　이는 아이템과 제목이 비단 독자들에게만 어필하는 게 아니라는 점을 상기시킨다. 아이템과 제목은 당신의 소설을 처음 읽는 독자인 출판편집자에게 어필하는 도구다. 소설의 제목과 카피로 출판편집자를 먼저 사로잡지 않으면 당신의 소설원고는 책으로 나올 수 없다. 반면 원투 펀치가 그들에게 먹히면, 출판편집자는 같은 편이 되어 상품명과 카피를 고민해줄 것이다. 그 다음 순서는 출판편집자와 함께 당신 책의 아이템과 제목으로 서점 관계자에게 책을 어필하는 것이다.

　그러므로 소설 구상의 절반은 아이템과 제목에 있다. 모름지기 시작이 반이고, 아이템과 제목을 완성하는 게 소설 쓰기의 시작이기 때문이다. 무엇보다 이 두 가지에 대해 궁리하는 동안 당신은 당신이 쓰려는 이야기가 무엇인지에 서서히 알아갈 수 있다. 자신 안에 자리하고 있지만 여전히 미지의 영역인, 스스로의 소설 영토에 상륙하는 해병대 보트에 올라선 것이다.

소설 창작에 대한 본질적인 고민들

이야기는 결국 스스로에게서 시작된다. 누군가를 관찰하거나, 무언가를 감상하거나, 세상을 돌아보거나, 인생을 반추하면서 우리는 이야기를 떠올린다. 그리고 그것을 여러 가지 형식에 담아 판매하는 것이 스토리 산업이다. 영화 시나리오로, 드라마 대본으로, 웹툰 스토리로, 에세이로 그리고 소설이라는 형식으로 완결해 자신의 이야기를 세상에 전하고 대가를 받는다.

소설 쓰기를 시작하는 당신은 자신의 이야기가 어떤 이야기인지 알아야 한다. 주제와 캐릭터, 플롯과 구조를 기획하기 전에 하고자 하는 이야기의 분량과 가격, 장르와 톤 앤 매너와 서점의 어느 매대에 자리하는지 혹은 서점 밖 어디에 배송되는지 고민해야 한다.

말하자면 실용적인 선택들. 부디 그것을 간과하지 않길 바란다. 자신의 이야기를 담을 그릇을 고민하지 않는 것은, 완성된 음식을 담을 접시를 준비하지 않은 요리사의 게으름에 다름 아니다.

그리하여 현실을 직시하고 이야기를 상상하기 바란다.

소설의 길이

당신의 소설은 단편인가, 장편인가? 아니면 그 중간에 자리한 중편인가 또는 손바닥 장(掌)을 쓰는 장편인가? 대체로 '쓰다 보니 이 분량이 되었다'가 아니라, '이 분량을 염두에 두고 썼다'가 바람직하다. 그리고 분량에 따라 다루어지는 소재나 주제가 다르다는 것을 기억해라. 분량에 따라 어떻게 독자가 바라볼지를 고민해라. 분량에 따라 서점 담당자가 어떻게 이 책을 팔아야 할지를 결정한다는 것을 염두에 두어야 한다.

소설의 장르

장르라는 말이 힘들다면 이렇게 단순화해보자. 사람 사는 따뜻한 이야기인가? 휴먼 드라마다. 불구경인가? 스펙터클이다. 싸움 구경인가? 액션이다. 무서운 이야기인가? 호러다. 심장이 쫄깃하고 긴장감 넘치는 이야기인가? 스릴러다. 취향에 따른 차이는 있겠지만 웃고 또 웃을 수 있다면? 코미디다. 과학을 통해 미래와 현재를 두루 살피는 이야기인가? SF다. 우리가 사는 세계가 아닌 다른 세계지만 우리가 사는 세계와 똑같은 일이 일어나고 있는가? 판타지다. 역사를 소재로 다루고 있는가? 역사물이다. 죽었는데 죽지 않는 것들이 나오는 이야기인가? 좀비물이다.

그리고 이 모든 장르는 결합하거나 섞여 이종이 된다. 휴먼 좀비 드라마, SF 호러, 액션 스릴러, 코믹 미스터리가 나오는 세상이다. 다만 당신의 이야기가 하나의 장르든 이종 장르든 어느 장르에라도 속했으면 한다. 그렇다면 독자들이 익숙한 눈길로 당신의 이야기 속 새로움을 찾으려 애쓸 것이다. 하지만 어느 장르에도 속하지 않는 이야기를 쓰고 싶다면, 장르를 창조하라. 잘 팔리면 당신이 곧 장르가 될 것이다.

소설의 가격

솔직해지자. 여러분이 소설을 쓰는 이유는 소설을 팔기 위해서다. 팔린다는 것은 많이 전해진다는 것이다. 당신의 이야기를 세상에 전한다는 것, 이것이 소설 쓰기의 핵심이다. 그런데 가격을 모르고 이야기를 쓴다면, 가격을 매길 수 없을 것이다. 여기서 가격이란 책의 바코드 옆에 적힌 것만이 아니라 당신이 소설을 쓰는 데 들이는 비용이기도 하다.

당신은 소설을 쓰는 데 얼마의 시간이 필요한가? 처음엔 가늠이 안 되겠지만 어떻게라도 시간을 정해야 한다. 그래야 그 시간을 살 수 있기 때문이다. 안타깝게도 혹은 감사하게도 우리는 소설 쓰는 시간을 돈으로 살 수 있다. 당신이 공인된 작가라면 출판사로부터 선인세 혹은 계약금을 받아 시간을 살 수 있다. 그렇지 않다면 자신의 시간을 사서 소설을 써야 한다.

이 시간을 사는 것에 대해 당신은 예산을 편성해야 한다. 핵심은, 손해를 보더라도 얼마의 가격이 들었는지 알고 써야 한다는 것이다. 당신의 시간은 소중하기 때문이다(물론 독자의 시간도 소중하다는 것을 명심해야 한다). 이것이 이야기의 가격이다.

소설의 자리

당신이 쓰는 소설이 책으로 출간되면 서점에 자리하게 될 것이다. 그곳이 어느 매대일지를 지금부터 상상해보자. 청소년 소설이면 청소년 소설 매대에 자리할 것이다. 성인 소설이면 일반 소설 매대에 자리할 것이다. 청소년 소설이든 성인 소설이든 영어덜트이든 베스트셀러가 되면 베스트셀러 매대에 자리하게 될 것이다.

이처럼 소설의 자리를 상상하는 건 소설을 읽을 독자를 상상하는 것이다. 독자들의 나이대, 취향, 성별에 따라 당신의 소설은 읽히거나 외면 받거나 한다는 걸 잊지 않기 바란다.

청소년이 읽을 소설을 쓰며 연쇄살인마를 주인공으로 등장시키는 것은 좋은 생각이 아닐 것이다. 성인 소설을 쓸 때도 어떤 취향의 독자에게 어필할지 고민해야 한다. 성인은 청소년보다 취향이 다양하고 경험치가 많기 때문이다. 2~30대 여성 독자를 사로잡을지, 4~50대 남성 독자를 사로잡을지, 욕심을 부려 20대에서 60대까지의 모든 성인 독자를 사로잡을지 고민하고 써야 한다. 소설의 자리를 생각하고 쓰지 않는다면, 당신의 소설은 어느 매대에서건 오래 자리 잡지 못할 것이다.

소설의 정체

소설을 쓰려 했는데 소설 같지 않은 이야기가 나왔다면? 그렇다면 당신은 소설을 쓰지 않아도 된다. 인간이 근대에서 현대로 넘어오며 만들어낸 대표적인 이야기의 형식이 소설이고, 지금까지는 소설이 가장 실용적이고 대중적인 이야기 도구였다. 하지만 지금은 영화, 드라마, 웹툰 같은 소설 저리가라 하는 핫한 이야기 형식이 널린 시대다.

어쩌면 당신은 당신만의 문체가 느껴지지 않는 영화적인 이야기를 썼을지 모른다. 그렇다면 시나리오 작가가 되어라. 어쩌면 웹툰 스토리에 적당한 이야기를 썼을지 모른다. 그렇다면 웹툰 작가를 찾거나 웹툰 그리기에 대해 진지하게 고민하기 바란다. 어쩌면 당신은 소설이 아니라 자전적인 회고록을 썼을지 모른다. 당신이 살아온 삶이 타인을 감동시킬 수 있다면 회고록이나 에세이를 쓰는 것도 방법일 수 있다.

소설 쓰기는 진짜가 담긴 가짜 이야기를 당신만의 문체로 쓰는 일이다. 가공된 형식으로 진실을 담는 사적인 글쓰기 기술이 필요하다.

소설의 목표

당신이 쓰는 소설은 독자들에게 무엇을 전하고자 하는가? 혹은 당신 자신에게 무엇이 되길 바라는가? 이른바 목표가 필요하다. 글쓰기는 힘이 드는 일이다. 소설 쓰기는 말할 것도 없다. 스티븐 킹은 소설 쓰기에 대해 '욕조를 타고 대서양을 건너는 것'과 같다고 했다. 빠져 죽지 않으려면 당신은 우뚝 선 돛대와 같은 목표가 있어야 한다. 그냥 욕조보다는 그나마 돛대가 달린 욕조가 침몰 확률을 줄일 수 있을 테니까.

문학상을 받을 소설을 쓰려면 문학성에 집중하라. 당신의 소설이 베스트셀러가 되지 않더라도 오래 남는 가치 있는 이야기가 될 것이다. 베스트셀러를 쓰고 싶다면 많은 독자들이 공감할 만한 이야기를 써라. 디킨스는 동시대 사람들이 공감하는 이야기로 지금까지 우리에게 기억되는 소설가가 되었다. 세상에 흔하지 않은 자신만의 소설을 쓰고 싶다면 소설에 실험을 가하라. 현실과 환상이 오가는 새로운 형식 실험이 우리가 아는 보르헤스를 만들었다.

그렇다면 재미와 의미를 다 잡는, 문학성도 있는 베스트셀러를 쓰면 어떨까? 그것이야말로 가장 바람직한 작가의 완성형일 것이다. 하지만 시작 단계에서는 일단 한 가지 목표에 충실하길 바란다. 재미와 의미 모두 충만한 소설을 쓰는 작가가 되는 데에는 많은 경험과 시간이 필요하다.

핵심은 자신이 어떤 성질의 소설을 쓰는지 알고 써야 한다는 점이다. 문학성, 작품성, 실험성, 대중성, 통속성, 흥행성, 무엇이든 좋다. 그 한 가지 성질을 기억하며 이야기를 완성해나가기 바란다.

당신에게 소설은 무엇인가? 이 질문은 소설을 쓰는 내내 간직해야 할 물음이고 소설을 완성할 수 있는 동력이기도 하다. 많은 사람들에게 당신의 이야기를 나누고 싶어서 쓰는 것이 소설인가? 아니면 털어놓지 않으면 미칠 것만 같은 이야기를 정리한 것이 소설인가? 혹은 많은 사람들이 구매해 당신을 부자로 만들어 줄 도구가 소설인가? 아니면 취미 혹은 명예로 소설가라는 직함을 추가하고 싶어서인가?

무엇이든 좋다. 당신의 소설 쓰기가 행복하길 바란다. 행복하기 위해 힘들게 쓰기 바란다. 당신과 당신의 소설에 대해 알고 쓴다면 힘이 든 만큼 행복할 것이다. 무엇을 쓸지 알고 있는 당신은, 행복한 소설가가 될 준비가 된 것이다.

세 번째 작업실

공공 작업실

    서울시 마포구 상암동 끝자락에 'DMC 첨단산업센터'라는 8층 건물이 있다. 이곳에는 로봇, 인공지능, 벤처, 영상, 애니메이션 등 첨단산업 관련 회사들이 입주해 있다. 그리고 서울영상위원회도 여기 자리한 채 서울의 영상산업 종사자들에게 다양한 지원을 제공한다.

    2012년, 서울영상위원회의 인문학 특강을 들으러 첨단산업센터에 갔다가 동료 작가를 만났다. 안부를 나누던 중 그분 작업실이 이 건물 1층에 있다는 게 아닌가? 작업실의 이름은 '시나리오 작가 존'이었다. 디렉터스 존과 프로듀서 존이 있다는 건 알았지만, 시나리오 작가만을 위한 '구역'이 생겼다는 걸 그때 처음 알게 되었다.

나는 즉시 그를 따라가 시나리오 작가 존을 살펴볼 수 있었는데, 그야말로 유레카였다. 그는 한 달 기간의 '오픈 집필실' 12개 중 한 곳에 입주해 있었다(현재는 입주 기간이 두 달). 거기에 더해 1년 입주할 수 있는, 기간으로 보나 독립성으로 보나 나은 환경의 '개인 집필실' 20개도 자리하고 있었다.

　오픈 집필실은 시나리오 집필 계약서가 있는 작가라면 지원할 수 있었고, 개인 집필실은 영화 개봉 크레디트가 있는 데뷔 작가가 지원할 수 있었다. 당시 제대로 된 크레디트가 없던 나는 다음 달 오픈 집필실에 지원한 뒤 선정되길 고대했다.

　열망이 통한 걸까? 지원자가 2배수였는데 다행히 추첨에서 선정이 되었다. 이것이 내 인생 첫 공공 작업실 입주였다. 한 달 15,000원 관리비만 내면 되는 그곳은 2평 남짓 열린 공간이었는데, 한마디로 냉난방과 소음, 냄새를 공유해야 하는 독서실 타입이었다. 그래도 2평 사각 틀 안에 TV 겸용 모니터, 책상, 간이침대, 붙박이장이 있었고, 공용공간에는 대여 가능한 DVD와 책들은 물론 프린터와 정수기, 공유 냉장고도 준비되어 있었다.

　조용하고 소박한 공간이었다. 글쓰기 좋은, 영화의 장면을 떠올리기 좋은 작업실이었다. 그때부터 성산동 집에서 작업실로 매일 걸어 출근했다. 한 달이란 시간이 꿈만 같게 느껴졌고 기분 때문인지 집필도 잘 진행됐다.

　입주 기간이 끝나가던 어느 날. 개인 집필실에 입주해 있던 선배 작가를 정수기 앞에서 딱 마주쳤다. 나는 그를 따라가 개인 집필실을 구경했다. 오오. 이건 마치 설국열차 꼬리 칸에서 머리 칸으로 옮겨온 기분이었다. 독립된 공간에 평수도 더 넓었으며,

가장 좋은 건 밖으로 창이 나 있는 것이 아닌가! 선배는 거기서 자연스레 도시락을 꺼내 먹기 시작했다. 오오. 오픈 집필실에서는 냄새와 소리 때문에 컵라면은커녕 초콜릿도 녹여먹어야 했는데…… 이곳은 진정 천국이 아닌가?

그 겨울, 한 달이 어떻게 갔는지 모르겠다. 오픈 집필실을 나오며 나는 다음엔 꼭 온전한 영화 크레디트를 얻어 개인 집필실에 입주해야겠다고 마음먹었다. 이뤄졌냐고? 이후 10년 간 나는 수차례 오픈 집필실에 입주했으며 개인 집필실에도 두 번 입주할 수 있었다. 시나리오 작가 존은 내 집필 생활의 베이스캠프이자 가장 능률좋은 효자 작업실이 되어 주었다.

더 멋진 풍광을 지닌 작업실, 더 아늑한 환경을 자랑하는 작업실, 창작지원금을 지급하는 작업실, 심지어 삼시 세 끼를 주는 해외 작업실에도 머물러봤지만, 적어도 '작업능률'에서만큼은 이곳 상암동 첨단산업센터 시나리오 작가 존을 능가하지 못했다. 다시 한 번 그곳에 감사를 표현한다.

오늘의 교훈. 당신만의 '능률 짱 공공 작업실'을 찾아야 한다. 그러면 글쓰기의 무게가 한결 가벼워질 것이다. 글쓰기에 지쳐, 슬럼프에 빠져, 써지지 않는 작품이 버거울 때, 노트북 하나 들고 찾아갈 수 있는 곳이 필요하다.

그곳에서의 글쓰기가 소모가 아닌 충전이 될 수 있는, 그런 공공 작업실을 찾기 바란다.

4

소설 쓰기의 기쁨과 슬픔

플롯과 캐릭터

플롯이 도대체 뭐길래

　플롯은 무엇인가? 쉽게 말하면 이야기의 줄거리다. 좀 더 말하면 원인과 결과가 있는 줄거리다. 모든 소설은 플롯이 있다. 다만 그 플롯을 미리 짜고 쓰느냐, 짜 놓지 않고 창작의 과정에서 완성하느냐가 다를 뿐이다. 어떤 작가는 플롯을 다 짜 놓지 않으면 불안해서 소설 쓰기를 시작할 수 없다 하고, 어떤 작가는 플롯을 다 짜 놓으면 소설 쓰기의 즐거움과 의외성을 얻을 수 없어 짜지 않는다고 한다.

　나는 시놉시스(synopsis)◆라고 불리는, 플롯이 있는 줄거리를 지도처럼 확보한 뒤 집필에 나선다. 내게 소설 쓰기란 낯설고 힘겨운 모험과 같다. 적어도 지도는 챙겨야 하는 것이다. 그런데 이 지도는 정형화된 것이 아니다. 이 지도는 고대의 보물지도와

◆　줄거리의 개요. 영화의 전체 내용을 간단히 정리한 글

는 다른 현대의 내비게이션 같은 것이어서, 목적지를 향해 가는 도중 최단거리도 보여주고, 주변 맛집도 뜨고, 경로 변경도 지시한다. 나만의 플롯이 담긴 지도는 이처럼 능동적인 지도다.

그렇다. 나는 플롯과 구조를 중요시하는 작가다. 그러므로 이 방식의 집필에 대해 이야기해보겠다.

먼저 구조는 무엇인가? 장편 서사라는 기나긴 이야기의 플롯을 빨랫줄에 비유해보자. 빨랫줄은 팽팽할수록 빨래가 잘 마를 것이다. 이야기의 플롯 역시 팽팽한 긴장감이 있어야 거기에 빨래와도 같은 캐릭터를 널 수 있고, 그래야 캐릭터가 햇빛을 잘 받을 것이다. 구조는 바로 이 플롯이라는 빨랫줄을 팽팽하게 지탱해주는 지지대라고 할 수 있다.

전통적인 '3장 구조'에는 두 개의 지지대가 놓인다. 하나는 주인공이 이야기의 메인 사건에 본격적으로 투신할 때다. 다른 하나는 주인공이 메인 사건을 해결하다 최악의 상황에 빠졌을 때에 놓여진다. 4장 구조는 이 두 지지대 중간에 지지대 하나가 더 있는 것으로, 이야기의 중간에서 전환점으로 기능한다. 이를 중간점 혹은 미드 포인트(midpoint)라고 한다.

그런데 3장 구조가 아리스토텔레스의 《시학》에서 나온 고전적인 극작 구조라면 4장 구조라는 말은 들어본 적이 없다. 그렇다면 '기승전결'이라는 말은 들어보았는가? 동양의 전통적인 극작 구조를 가리키는 이 기승전결이 바로 4장 구조라고 볼 수 있다.

이처럼 이야기를 효과적으로 풀어내기 위해 동·서양 모두 오래전부터 구조를 활용해왔다. 8장 시퀀스, 16장 시퀀스 등도 모두 3장 구조와 기승전결을 디테일하게 나눈 것에 불과하다.

플롯과 구조에 대한 믿음이 부족하다면 잘 짜여진 100분짜리 상업영화를 보며 시간을 체크해보라. 25분 전후로 주인공이 사건에 투신해 더 이상 돌아갈 수 없는 상황에 빠진다(1장의 끝). 50분 쯤 중간점에 도달하면 사건에 일대 전환이 일어나, 주인공에게 더 큰 곤경 혹은 '가짜 승리'가 주어진다. 그리고 75분경에 주인공은 나락에 빠지고 사건은 최악의 상황으로 치닫는다(2장의 끝). 그리고 남은 25분 간 클라이맥스가 벌어지고 주인공은 승리하거나(희극) 패배한다(비극).

장편소설 역시 300여 페이지 내내 몰입감이 넘치게 하려면 이 같은 구조를 활용하면 좋다. 250페이지 내내 주인공이 고뇌하고 방황하고 아무 사건도 제대로 벌어지지 않다가 남은 50페이지에서 모든 게 벌어지고 해결되는 작품이 있다고 보자. 대부분의 독자는 마지막 50페이지에 도달하기 전에 책 읽기를 포기하고 말 것이다.

그러므로 몰입감 있는 장편 서사를 쓰려거든 부디 플롯이라는 빨랫줄을 치고, 이야기의 팽팽함(긴장감)을 위해 구조라는 지지대를 세워라. 능동적인 길 안내를 하는 플롯이라는 지도를 챙기고, 모험에서 지치거나 늘어질 때마다 기운을 차릴 포인트와 같은 구조점을 확보하라. 장편 소설 집필은 멀고 험난한 여정이다. 무작정 떠날 용기보다는 완주할 수 있는 대비가 더 중요하다. 플롯과 구조는 바로 그 대비책이다.

당신의 이야기는 궁금한 이야기인가? ?

이야기는 무조건 궁금해야 한다. 세 번째 소설 《고스트라이터즈》에서 나는 한 캐릭터의 입을 빌려 이 진실을 밝힌 바 있다. 이야기는 재미있어도 흥미로워도 안 되고 궁금해야 한다. 재미있는 이야기보다 더 재미있는 게 넘치는 세상이다. 유튜브 알고리즘만 따라가도 하루가 가버린다. 재미있는 이야기는 언제라도 뒤로 밀려날 수 있다.

하지만 궁금한 이야기라면? 그 궁금증을 참지 못하고 계속 읽을 수밖에 없다. 궁금증이 풀려야만 책을 내려놓을 수 있는 것이다. 물론 궁금증을 유발하는 과정이 그럴듯해야 하고, 궁금증을 풀어가는 과정이 흥미로워야 하며, 마지막에는 궁금증이 만족스럽게 풀려야 한다. 궁금증을 유발조차 하지 못하면 거기서 끝이고, 궁금증은 그럴듯하게 유발했으나 풀어가는 과정이 조잡하거나 재미가 없으면 중간에 멈출 것이고, 궁금증이 제대로 안 풀렸거나 풀렸어도 시원치 않거나 개연성이 없다면, 독자는 다시는 그 작가의 소설을 읽지 않을 것이다.

그렇다면 우리는 왜 이렇게 궁금한 이야기를 참지 못하고 계속 읽는가? 이는 인간의 본성에 궁금한 이야기가 닿아 있기 때문이다. 인류는 원시부족 시절부터 이야기를 나누고 살았다. 수만 년의 시간 동안 이야기를 통해 정보를 교환하며 생존해왔다. 즉 궁금한 이야기라는 것은 바로 생존의 조건이다. 이야기를 통해 중요한 생존 정보를 확보해야 하는데, 궁금해 하지 않고 지나쳤다가 도태되고 죽기까지 한 경험이 인류의 DNA에 쌓여 있다는 말이다. 그래서 인간은 궁금증이 풀리지 않으면 이야기의 끝까지 온 신경을 기울일 수밖에 없는 '스토리텔링 애니멀'이다.

《불편한 편의점》은 제목부터 궁금증을 유발한다. 편해서 편의점인데 대체 왜 불편하다는 거지? 책을 펼치면, 편의점 사장 염 여사와 독고라는 노숙자가 만나고, 독고가 편의점에 채용되는 사건으로 이야기가 시작된다. '노숙자가 편의점에 채용된다고? 일이나 제대로 할 수 있을까?'라는 두 번째 궁금증이 이어진다. 그런데 의외로 일을 잘 하고 JS(진상)도 거뜬히 처리하는 그의 정체에 대해 새로운 궁금증이 인다. 노숙자 독고의 정체는 과연 무엇일까? 이 궁금증이 이야기를 끝까지 읽게 만드는 동력이 된다.

작가들은 이렇게 궁금증이라는 요소를 활용해 이야기를 끌어나간다. 미스터리 소설만이 아니다. 모든 이야기는 이처럼 미스터리 요소를 활용해 독자에게 다음 장을 계속 펼치게 한다. 플롯과 구조, 캐릭터와 배경, 문체와 대사 모두 중요하지만 결국 내용이 궁금하지 않다면 이야기는 전진하지 않는다. 책장은 넘어

가지 않고 독서가 종료된다는 뜻이다. 소설가라면 누구나 자신의 이야기가 끝까지 독자들의 관심을 끌길 바랄 것이다. 그렇다면 누구보다 먼저 궁금증을 가지고 자신의 이야기를 구상해 나가기 바란다. 이제 알겠는가? 소설은 작가가 자신이 제시한 이야기의 궁금증을 스스로 알아낸 결과물이다.

캐릭터 구상하기

　나의 데뷔작《망원동 브라더스》는 캐릭터 드라마다. 사실상 플롯이 없는 이 작품은 개성 있는 캐릭터들과 그 캐릭터들 간의 시너지가 전부인 작품이다. 이야기는 망원동 8평 옥탑방에 사는 30대 만화가(라지만 사실상 백수) '오 작가'의 집에 그의 선배인 40대 기러기아빠 '김 부장'이 등장하면서 시작된다. 가뜩이나 좁은, 에어컨도 없는 여름 옥탑방에 중년 사내 둘이 살아야 하니 스트레스는 치솟고 갈등은 필수다.

　그런데 여기에 다시 오 작가의 스승인 50대 '싸부'라는 인물이 등장한다. 황혼 이혼 위기라며 집에서 가출한 그는 오 작가의 집에 무작정 들어와 두 남자와 함께 머물게 되고, 옥탑방은 거의 전쟁터가 되고야 만다. 아직 끝이 아니다. 오 작가의 후배인 20대 공시생 '삼척동자' 역시 제 집 드나들듯 옥탑방에 놀러와 세 남자와 지지고 볶는다. 그리고 이 모든 것을 목격한 채, 호시탐탐 그들을 쫓아낼 기회를 노리는 60대 집주인 할아버지도 포진해 있다.

20대부터 60대까지 세대별 문제 남성들을 옥탑방에 차례로 등장시킨 게 《망원동 브라더스》의 플롯이라면 플롯이다. 나는 이야기가 느슨해질 때마다 새 캐릭터를 옥탑방에 투입해 갈등과 사건을 만들며 이야기를 진전시켰다. 이 문제남들은 자기 앞가림도 못하면서 오지랖은 넓다. 매일을 지며 사는 루저임에도, 느긋함을 잃지 않는 낙관주의자다. 이들의 대책 없는 옥탑방 생활이 어떻게 마무리될지 독자들은 호기심으로 살피고, 나는 별다른 클라이맥스 없이 잔잔한 해피엔딩으로 이야기를 마무리했다. 물론 너무 밋밋해보일까 싶어 클라이맥스 타이밍에 옆집에 불을 냈다. 그 화재로 인해 그들 삶의 우연적 전환을 이룬 게 그나마 이야기의 절정이라면 절정이었다.

《망원동 브라더스》를 플롯 중심의 이야기로 풀 수도 있다. 옥탑방에 모인 네 명의 루저 남성들이 인생 역전을 위해 힘을 모아 현상금이 걸린 간첩이나 탈옥수 혹은 연쇄살인마를 잡는 이야기로 플롯을 짜거나, 거대 기업이 개입된 동네 재개발에 반대하며 싸우는 플롯을 짜 클라이맥스를 만들어 낼 수도 있다.

하지만 캐릭터가 좋고 캐릭터 플레이만으로 이야기가 충분히 전해진다면, 굳이 플롯을 두드러지게 하기보다 캐릭터의 재미를 극대화하는 게 나은 방향이 될 수 있다. 《망원동 브라더스》는 일정 부분 내 자신의 경험과 주변의 인상적인 캐릭터들을 조합해 만든 세대별 루저남들이 존재했기에, 그들을 한곳에 모아 일어나는 화학작용을 글로 풀어내는 게 바람직한 이야기의 방향이었다.

한편 플롯과 캐릭터 중 무엇이 더 중요한지에 대해서 종종 작가들끼리 토론이 벌어지곤 한다. 나는 언제나 캐릭터에 손을 들어준다. 첫째도 캐릭터 둘째도 캐릭터 셋째도 캐릭터다. 왜냐고? 당신 옆에 엄청나게 매력적인 사람이 있다고 생각해보라. 그런 사람과 함께라면 그날의 계획 따윈 상관없는 것이다.

그래서일까, 잊을 수 없는 캐릭터를 창조하는 것이야말로 작가의 숙명이다. 나의 경우엔 언제나 디오니소스 캐릭터에 빠져든다. 머리보다 가슴이 뜨거운, 커피보다 술이 어울리는, 고민보다 행동이 앞서는, 평범함보다 순탄치 않은 상황이 어울리는 그런 캐릭터를 동경한다. 《망원동 브라더스》의 싸부, 《연적》의 앤디 강, 《불편한 편의점》의 독고가 바로 그런 캐릭터이고 내가 좋아하는 캐릭터의 원형이 그들 안에 담겨 있다.

한편으로 캐릭터는 어떻게 창조하냐는 질문을 많이 받는다. 간단히 정리하자면 먼저 당신이 좋아하는 캐릭터를 만들어라. 다음에 당신이 싫어하는 캐릭터를 만들어라. 그리고 둘이 싸우게 해라. 그 싸움의 전 과정을 관찰해 당신이 싫어하는 캐릭터의 좋아하는 면을 발견해 발전시키고, 당신이 좋아하는 캐릭터의 싫어하는 면도 발견해 발전시켜라. 결국 당신은 입체적인 캐릭터 둘을 얻게 될 것이다. 이것이 초고의 과정이다. 재고에서는 이 캐릭터들의 좋고 싫음의 부분을 이퀄라이징하듯 조절해 가며 이야기를 진전시키면 된다. 캐릭터들의 성격이 이야기를 이끌어나가는 순간, 당신은 그들에게 감사의 인사를 전하게 될 것이다.

이에 대해서는 이 장의 마지막 '김호연 소설 캐릭터 열전'에서 더 나누도록 하겠다.

당신은 남의 신발을 신어봤는가?

"나는 이야기꾼으로 태어났고, 내가 아주 어린 꼬마였을 때부터 나는 동네 애들에게 이야기를 들려주곤 했다. 아마 여자애들에게 뽐내려는 의도였겠지. 나는 글을 쓰는 데 있어서 아주 엄격하게 훈련되어 있다. 매일 아침 다섯 시에 일어나서 책상 앞에서 몇 시간을 보낸다. 글을 쓰고, 지우고, 다시 쓰는 것이다. 이때 사실 내가 하는 것은 책상 앞에서 앉아서 내 자신에게 질문을 던지는 일이다. 내가 그였다면? 내가 그녀였다면? 이렇게 나는 다른 사람의 입장이 되어 본다. 다른 사람의 신을 신어보고, 다른 사람의 피부로 느껴본다. 나는 다른 사람들에 대해 상상한다. 이것은 호기심에서 나오는 것이다. 내 글쓰기의 최대 동력은 호기심이고, 나는 호기심이 매우 많은 사람이다."◆

◆ 이윤주(2019), '이스라엘 작가 아모스 오즈 인터뷰 : 인간 심리 잘 쓰는 비법? 그 사람의 신발을 신어봐라', 한국일보(2019.01.02)

이스라엘 작가 아모스 오즈는 내가 가장 좋아하고 존경하는 소설가다. 나와 그 사이엔 소설가라는 것 말고도 공통점이 세 가지 더 있다. 나도 그처럼 키부츠 생활을 했고, 나도 그처럼 예루살렘을 사랑하고, 나도 그처럼 노벨문학상을 받지 못했다는 점이다.

인용구는 2019년 1월, 아모스 오즈가 세상을 떠난 뒤 나온 인터뷰 기사 중 일부다. 당시 나는 이 인터뷰를 읽고 소설 쓰기의 모든 것을 배운 기분이었다. 그런데 이 기사는 2012년 노벨문학상 수상이 유력한 아모스 오즈를 인터뷰한 것을 사후 미발표 인터뷰로 공개한 것이다.

그러니까 그해 아모스 오즈가 노벨문학상을 받았다면 바로 발표되었을 인터뷰였고, 그렇다면 내가 7년은 더 빨리 소설 쓰기에 대한 대작가의 통찰을 배울 수 있었던 것이다.

'남의 신발을 신어본다는 것.' 그것은 남의 사정을 헤아린다는 것이고, 남의 사정에 맞춰 행동한다는 것이다. 남의 신발을 신기만 하는 것은 아닐 것이다. 캐릭터는 행동해야 하기에, 작가는 상상 속에서 남의 신발을 신고 걷는다. 때론 달린다. 때론 신발을 들고 맨발로 달려야 하거나 새 신발을 사야 할 수도 있다. 그러면서 그 캐릭터의 곤란함과 누추함, 간절함과 해결책을 한꺼번에 궁리해 나아간다. 캐릭터는 그렇게 이해되고 받아들여지며 이야기 속으로 걸어 들어가야 한다. 내가 신은 남의 신발. 그게 캐릭터라이징이다.

그럼에도 캐릭터 만들기가 힘들다면 주변을 더 세심하게 관찰하라고 말하고 싶다. 남의 신발을 신은 느낌을 상상하기 어려우면 당신이 관찰한 주변인들에 대해 써라. 물론 그대로 쓰지 말고 섞어서 쓰는 것이 방법이다. 당신의 지인과 영화 속 캐릭터와 옆 테이블 수다에 등장한 인물의 면모를 섞어야 한다. 각각의 캐릭터에서 필요한 부분을 뽑아 조합할 수만 있다면 당신은 캐릭터 공학의 귀재가 될 수 있을 것이다. 관찰과 조합, 궁리와 상상만이 익숙하지만 새로운 당신만의 캐릭터를 만들어낼 수 있을 것이다.

김호연 소설 캐릭터 열전

이 장에서는 나의 소설 중 캐릭터가 돋보이는 작품을 중심으로 캐릭터 구상 과정을 살펴보겠다. 《망원동 브라더스》와 《불편한 편의점》은 캐릭터의 개성과 캐릭터 간 상호 작용이 중요한 휴먼 드라마 장르다. 플롯을 팽팽하게 짜기보다는 다양한 캐릭터를 연달아 배치해 캐릭터 간 호응으로 이야기를 이어나가는 구조다.

눈 밝은 독자들이라면 눈치챘겠지만, 두 작품 모두 상식적이고 너그러운 주인(오 작가, 염 여사)의 공간에 개성적이고 별스러운 손님(싸부, 독고)이 들어와 주위에 영향을 주는 구도다. 또한 두 작품 모두 동네 이야기를 표방한 만큼, 실제 내 주변에서 볼 수 있을 것만 같은 다양한 연령과 성별의 이웃들을 보여주고 있다. 나는 그들 캐릭터의 모습이 독자들 자신의 모습처럼 느껴지길 바라며 썼다.

《망원동 브라더스》

20대 공시생 삼척동자. 줄여서 '삼동'
30대 무명 만화가 오영준. 줄여서 '오작'
40대 기러기아빠 김 부장. 줄여서 '김부'
50대 황혼이혼남 만화 스토리 작가. 줄여서 '싸부'
60대 집 주인 슈퍼 할아버지. 줄여서 '슈퍼 할배'

세대별 문제 남성들이 한 집에 모여 산다는 최초 설정처럼, 나는 소설을 위해 각 세대를 대표하는 대책 없는 남성 캐릭터의 성향을 모아보았다. 주인공 오 작가는 불안한 꿈을 쫓는 30대 남성으로 잡았고, 소심하고 온화한 성격으로 군말 없이 식객들을 받아주는 캐릭터다.

만화편집자 시절에 만났던, 만화밖에 모르는 사람 좋은 만화가들의 모습에서 오 작가를 떠올렸다. 또한 그 시절이 잡지 만화가 몰락하고 웹툰이 성장하던 시기였기에, 잡지 만화로 데뷔했지만 웹툰에 적응하지 못하고 있는 것으로 오 작가의 상황을 설정했다. 이는 삶의 목표가 있지만 세상과 조화를 이루기 어려운 이들을 대변하는 모습이기도 하다.

김 부장은 주변에 많이 있는 가장의 무게에 힘들어 하는 분들의 모습을 섞어 완성했다. 책 속 '펭귄 아빠'라는 설정은 실제 기러기아빠로 살던 선배의 메신저 아이디에서 발견한 호칭으로, 펭귄은 날 수 없으니 기러기아빠보다 못한 아빠를 뜻한다는 선배의 설명을 기억해두었다 반영한 설정이다.

싸부는 내가 만화 스토리 작가가 되었을 즈음, 실제로 큰 영향을 주신 분을 모델로 한 캐릭터다. 그는 8~90년대에 만화스토리 작가로 큰 성취를 이뤘으나 2000년대 들어 만화판의 침체로 활동이 줄어 고민이 많으셨다. 하지만 특유의 느긋함과 세상을 다른 시각으로 보는 통찰을 통해 인생의 다양한 스펙트럼을 내게 보여준 분이다. 내 작품 중 특정 인물을 모델로 한 캐릭터는 그가 유일하다.

삼척동자는 한 후배의 후배가 삼척동자라고 불렸다는 이야기에서 캐릭터명을 가져왔다. 잘생긴 척, 똑똑한 척, 돈 많은 척한다고 삼척동자라고 불린다는 게 재미있어 나중에 한번 캐릭터명으로 써야겠다 마음먹었고, 공시생 캐릭터를 구상할 때 사용하게 되었다. 때론 별명이 캐릭터라이징의 상당 부분을 채워준다는 걸 보여주는 예가 될 것이다.

슈퍼 할아버지는 조국 근대화의 전선에서 부지런히 삶을 일구었고, 월남전 참전용사이며, 동네 모든 일에 오지랖을 부려 슈퍼맨 같다는 뜻으로 '슈퍼'라는 별칭이 붙은 할아버지다. 이 작품에서 저평가된 매우 중요한 캐릭터가 바로 이 슈퍼 할아버지다. 작가인 나는 이런 강인하고 부지런한 캐릭터를 설정해 대책 없이 느긋한 세입자들과의 갈등을 조장했다. 이야기는 갈등에서 시작되고, 캐릭터의 대비가 만드는 갈등은 개연성과 재미를 보장하기 때문이다.

그렇다면 슈퍼 할아버지라는 캐릭터명은 어디에서 나온 걸까? 이는 대학 시절 농활을 가던 충남 연기군 전의면의 한 시골 어르신 별명에서 따온 것이다. 당시 농활 학생들에게 '슈퍼 할아버지의 담배밭'은 최고 강도의 노동이 보장된 곳이었다. 슈퍼 할아버지는 슈퍼맨처럼 절대 지치지 않고 일하며 농활 학생들의 사정도 봐주지 않았기에, 그와 같은 별명이 학생들 사이에 붙어 있었다. 그때 인상 깊었던 그 별명이 오랫동안 내 머릿속에 저장되어 있다 소환되어, 서울시 마포구 망원 2동의 슈퍼 할아버지가 된 것이다.

작가에게는 살아가며 만나는 사람과 그들에 대한 명명이 모두 캐릭터가 될 수 있다. 인상적인 캐릭터와 호기심 넘치는 작명을 절대 놓치면 안 된다. 언젠가는 그들이 당신 작품 속에서 슈퍼맨 아니 슈퍼 할아버지처럼 힘을 발휘할 날이 올 수도 있기 때문이다.

《불편한 편의점》

편의점 주인 염영숙 여사(70대 초)
노숙자 출신 야간 알바 독고(50대 초)
공시생인 주간 알바 시현(20대 후)
화 많은 주간 알바 선숙(50대 중)
일상에 찌든 영업사원 경만(40대 초)
염 여사의 철부지 아들 강민식(30대 후)
흥신소 곽 씨(60대 초)

이 작품 역시 캐릭터들의 조응과 캐릭터의 전사(前事)가 중요한 작품이다. 무엇보다 이 작품의 중심인물인 야간 알바 캐릭터에 대한 고민이 작품 구상의 반절을 차지했다 해도 과언이 아니다. 편의점을 불편하게 만들기 위해 누구를 투입할지에 대해, 나는 구상 초기부터 머리를 싸매고 많은 궁리를 해야 했다. 그는 바쁜 일상에 매몰된 이웃에게서 한 발 떨어진 채, 그들을 관찰하고 조언도 하고 일침도 놓고 오지랖도 부려야 한다. 그 역할을 맡을 수 있는 야간 알바 캐릭터를 정하기 위해 다양한 후보군을 떠올려야 했다. 탈북자 청년, 조선족 아주머니, 베트남 유학생, 원어민 영어강사, 괴짜 유튜버, 심지어 외계인까지 떠올려보았다.

그러던 중 노숙자 캐릭터를 떠올렸고, 세상에서 한발 밀려난 노숙자가 누군가의 도움으로 기운을 차려 편의점 야간 알바를 한다면, 이라는 가정을 확장해 독고 캐릭터를 만들었다. 이후 독고의 정체를 알아가는 과정은 작품의 개발 과정과도 같았다. 독자들은 작가가 먼저 짚어간 과정을 따라오며 단서를 파악하고 감정을 공유하며 독고를 알아가게 되는 것이다.

이런 독고를 자신의 업장에 들이는, 어찌 보면 현실에 없을 법한 염 여사 캐릭터는 그 개연성을 두기 위해 정년퇴임한 선생님이자 종교인으로 설정했다. 더불어 염 여사가 노숙자는 물론 직원들의 생계를 걱정하는 비범한 어른임을 보여주기 위해 디테일한 설정을 계속 추가했다. 한편으로 그런 염 여사조차 여느 엄마들처럼 아들 문제로 힘들어 하는 설정을 더해 평범함을 부여했다.

시현, 선숙, 경만, 민식, 곽 씨는 모두 내가 만나고 겪은 사람들을 떠올리며 썼다. 공격적인 취재는 하지 않았다. 작가는 살아오며 수많은 사람과 마주친다. 실제 대면을 하기도 하지만 책에서도 만나고 영화에서도 만나고 사람들의 수다 속에서도 만난다. 작가는 그렇게 만난 캐릭터를 적절히 섞어 하나의 캐릭터로 만들 수 있어야 한다. 그리고 자기 작품에 필요한 그 캐릭터만의 새로운 이력과 전사(前史)를 창작해내야 한다. 이 영역이야말로 작가의 가장 큰 힘, 바로 상상력이 발휘되는 지점이다.

한편 이 작품엔 허랑방탕한 염 여사의 아들과 독고의 이전 고용주 같은 캐릭터 외엔 딱히 빌런이 없다. 평범한 우리 이웃 같은 캐릭터가 힘겨운 현실에서 실제 벌어질 법한 일을 겪어나간다. 고로 이 작품의 진짜 빌런은 환경이다. 갈수록 어려워지는 생계와 살림살이, 거기에 더해진 COVID-19라는 팬데믹이 빌런이다. 여기에 맞서 염 여사를 비롯한 서민 캐릭터들이 관계하고 도우며 서로의 삶을 돕는 모습이 이 이야기의 주제다. 캐릭터 간 호응이 작품의 주제를 구현하는 것이다.

《망원동 브라더스》가 세대별 문제 남성들의 캐릭터 모둠이라면, 《불편한 편의점》은 삶의 여러 문제로 어려워하는 전 세대 캐릭터 열전이다. 두 작품 모두 실제 있을 법한 내 주변 이웃들이 보인다는 평과 함께 독자들의 사랑을 얻었다. 강의 현장에서 늘 나오는 질문 중 하나는 작품 속 캐릭터에 대한 가상 캐스팅 이야기다. 이는 독자들이 캐릭터에 대해 이미 자기 방식으로 감정이입을 했다는 걸 증명한다.

이처럼 캐릭터 중심의 소설에서 공감할 만한 캐릭터를 만들어낸다면, 독자들은 자기도 모르게 캐릭터의 손을 잡고 이야기의 길을 걸어갈 것이다. 그러기 위해 먼저 당신 스스로가 공감할 만 한 주인공 캐릭터를 만들어야 한다. 주인공에게 공감되지 않는 이야기는 작가 역시 쓰기 곤란하다. 이는 소설이 잘 써지지 않을 때 주인공 캐릭터부터 다시 점검하라는 뜻이기도 하다.

공감 가는 캐릭터를 쓰기가 힘이 드는가? 그렇다면 주변 사람들에 대해 당신이 얼마나 공감하며 사는지 생각해보기 바란다. 타인의 신발을 신어보기 바란다. 상대방의 마음을 쉼없이 헤아려보기 바란다.

네 번째 작업실

문학관

Q 대한민국에서 울릉군을 제외하고 가장 작은 군은?
A 증평군

증평군은 증평읍과 도안면 두 개의 행정지역으로 이뤄져 있으며 충청북도에서 타 시도 지역과 닿아 있지 않은 유일한 지역이다. 충청북도가 대한민국에서 유일하게 바다와 닿아 있지 않은데, 증평은 그 충청북도 안에 콕 박혀 있는 형국이다. 또한 증평은 군사도시로 유명하고, 대전-제천 간 충북선이 지나고 있으며, 세종대왕도 이용하고 갔다는 초정 탄산온천이 있는 곳이다. 한편으로 조선 후기 유명한 시인이자 독서가 김득신의 고향이며 탤런트 박보영 씨의 고향이기도 하다.

증평군에 대해 내가 이 정도 아는 이유는 이곳이 소설가가 되고 처음 입주한 문학관이 있는 곳이기 때문이다.

2014년 12월 16일, 도착한 증평 읍내는…… 몹시 추웠다. 버스 터미널에서 나오자 지역 특산품 올갱이 해장국집이 보였고, 휴가를 나온 군인들이 롯데리아 부근을 서성이고 있었으며, 이디야 커피, 봉구스 밥버거, 피자스쿨, 등 익숙한 프랜차이즈 매장이 읍내 큰길을 따라 이어져 있었다.

읍내에서 버스로 10여 분 가서 국도변 정류장에 내렸다. 너른 논밭 사이로 중소기업 공장이, 그 옆에 문학관 건물이 자리하고 있었다. 연갈색의 3층 건물은 신기하게도 두껍고 튼튼한 한 권의 책처럼 보였다.

21세기 문학관. 나는 이곳에서 한 달 반 동안 입주 작가로 지낼 예정이었다. 문학관은 총 7개의 원룸 작업실과 공용 휴게실, 도서관으로 구성되어 있었다. 여섯 평 정도의 원룸은 책상과 의자, 침대, 옷장, 전기포트, 빨래건조대, 앉은뱅이 식탁이 구비되어 있었다. 내가 가져온 것은 갈아입을 옷, 수건, 세면도구, 노트북이 전부였다.

식사는 문학관과 마주한 공장 식당에서 직원들과 함께했다. 한식 뷔페식당을 연상케 하는, 큰 접시에 음식을 덜어 먹는 시스템으로, 단체 급식을 좋아하는지라 매우 만족스러웠다. 이처럼 삼시세끼가 제공되었고 밤 12시 야근 직원을 위한 라면 배식도 참여할 수 있었다.

빨래는 공용공간에서, 간단한 요기는 주방이 있는 공용 휴게실에서 가능했고, 도서관은 수천 권의 장서로 가득했다. 이곳은 한 달 반 동안 무료로 작업실과 삼시세끼를 제공받으며 글만 쓰고 살 수 있는 곳이었다. 아, 프린트 역시 무료였다.

입주 첫날부터 나는 '뭐 이런 글쓰기 천국이 다 있지?'라고 놀라워 했으며 '내가 이런 곳에 오려고 소설가가 되었구나'라는 생각으로 내내 붕 떠 있었다.

그렇다면 나는 어떻게 21세기 문학관에 오게 되었을까? 소설가가 되기 전부터 만해 문학관, 토지문학관 등에 대해 알고 있었다. 그곳에 가면 작가들이 집필실을 제공받고 식사도 주어지고 동료 작가들과 친분도 나눈다는 것 정도를 알고 있었다.

2013년 2월에 《망원동 브라더스》로 소설가가 되었다. 데뷔란 이제 소설을 계속 써도 된다는 자격증이면서 '문학관 지원 자격증'이기도 했다. 하지만 이 세계에도 절차가 있는 것을 간과한 나는 문학관은 아무 때나 신청해 갈 수 있는 줄만 알았다.

그래서 이 바보 같은 초보 소설가는 2014년 가을 두 번째 소설 《연적》의 집필 준비를 마치고 나서야 문학관을 수소문했고, 대부분의 문학관은 1월 말에 1년치 입주 신청이 완료된다는 걸 알게 되었다. 1월에 입주 신청을 받고 2월에 심사를 통해 선정이 되면 3~12월까지 입주하는 시스템. 그런데 대뜸 10월에 문학관에 입주하겠다고 나섰으니 정말 몰라도 한참을 몰랐다.

스스로의 안일함을 통렬히 반성했다. 초조해졌다. 힘겹게 두 번째 소설을 쓸 준비가 되었는데 집중해서 작업할 문학관을 구할 수 없다니. 애써 기운 낸 나는 지푸라기라도 잡는 심정으로 검색을 재개했고, 다행히 21세기 문학관이란 곳을 발견할 수 있었다.

21세기 문학관은 타 문학관과 다르게 계절마다 입주 작가를 모집했다. 7명의 작가가 한 번에 입주하였으며(추후 공간을 확장해 11명까지 입주가 가능해졌다), 문학 계간지 '21세기 문학'과 신진 작가들에게 수여하는 '김준성 문학상'을 운영해 한국 문학 발전에 기여해 온 곳이었다.

입주 첫날 저녁, 한 달 반을 함께 보낼 입주 작가들과 저녁을 나눴다. 다들 나보다 선배들이었고 소설, 희곡, 시, 그림책 등 분야도 다양했다. 그들과의 교류를 통해 작가들은 어디서 모이고, 공모전과 지원 사업은 어떻게 운영되며 출판사와의 관계는 어떤 식인지 하나하나 배울 수 있었다. 무엇보다 수많은 작가들이 쏟아낸 진귀한 에피소드를 듣는 재미가 넘쳤다.

그래서 함께 교류하는 시간이 많았느냐? 그건 또 아니었다. 이곳은 글을 쓰는 곳. 대부분의 시간은 각자 자신의 작업실에 틀어박혀 작품과 겨루기 바빴고, 나 역시 두 번째 소설의 초고를 뽑기 위해 하루종일 묵묵히 써야 했다. 동료 작가들과는 식사 시간과 티타임에 수다를 떠는 정도였다. 내가 느낀 문학관은 프라이버시를 지키며 서로의 작업을 방해하지 않으려 애쓰는 작가들이 모여 있는 곳이었다.

열심히 쓰다 보니 새해가 지났고 입주 기간도 끝나가고 있었다. 나중에 다른 문학관에 입주하여 공통으로 느낀 점이라면, 문학관에서의 시간이 너무도 빨리 흐른다는 것이다. 짧게는 한 달 길게는 석 달까지 머무르는 글쓰기의 요람에서 한 달 반이라는 시간은 짧지도 길지도 않은 편에 속했지만, 내게는 너무나도 금

쪽 같은 시간이 평소보다 빠르게 지나가는 기분이었다.

21세기 문학관에서 겨울을 나며 《연적》의 초고를 허겁지겁 끝냈다. 동료 작가들이 모두 퇴실한 1월 31일에 겨우 노트북을 닫고 짐을 쌌다. 증평을 떠나며 나는 다음에 문학관에 입주할 때는 반드시 석 달을 꽉 채워 지원하겠다 마음먹었다.

눈이 펑펑 온 증평 거리에 첫 발자국을 내던 기억. 7킬로미터 떨어진 초정 탄산온천까지 걸어가 탄산기포가 온몸을 감싸는 온천욕을 한 기억. 연말, 증평 읍내에 나가 잔치 음식을 장만해 돌아오던 동료들과의 추억. 작가들에게 조금이라도 편의를 제공하려 애쓰던 21세기 문학관 여러분의 성의. 그 조각조각 추억들이 내게는 증평의 기억이고 첫 문학관의 사연이다. 기억만 해도 입가에 미소가 번지는, 글쓰기 참 좋았던 공간의 시간들.

이곳에서 작업한 두 번째 소설 《연적》은 그해 가을에 출간되었다. 나는 작가의 말에 21세기 문학관과 관계자 여러분에게 감사의 인사를 남겼고, 문학관 내 도서관에 놓일 증정본을 보냈다. 작품을 집필한 곳에 완성된 작품을 보내고 나니 임무를 완수한 듯 뿌듯함이 밀려왔다.

반드시 다른 계절에 찾아가리라 아끼던 나의 첫 문학관은 2019년에 안타깝게도 사업을 접었다. 21세기 문학관은 이제 사라져 더는 갈 수 없게 되었다. 작업실이 소중하고 고픈 작가들에게 얼마 남지 않은, 근사한 환경으로 작가들을 환대해주던 공간을 잃어버렸다.

한겨울 눈이 잔뜩 쌓인 아름다운 21세기 문학관과 국도변 풍경이 생각난다. 겨울 벌판을 걷고 또 걸으며 두 번째 소설을 완성해 나가던 순간이 애틋하다. 정 많은 동료 작가들과 21세기 문학관의 환대를 기억한다. 그리고 작지만 있을 건 다 있는 증평읍내의 복작 다단한 풍경도 그립다. 이제는 없기에 더욱 그리운 나의 첫 문학관. 안녕.

5

글 쓰기
마음 쓰기

첫 문장 쓰기가 너무 힘든 당신에게

이 장에서는 '글쓰기의 멘탈'에 대해 강조하고자 한다. 제목, 로그라인, 기획안, 시놉시스 모두 갖춰졌지만 백지 같은 모니터를 마주하는 즉시 백치가 되는 증상이 일어나고, 글쓰기만 아니면 뭐든 할 기세로 다른 짓을 하게 된다는, 그 곤란함과 막막함에 대해 말하고자 한다.

세상 모든 일이 그렇듯 소설 쓰기도 일단 시작이 어렵다. 첫 문장을 쓰는 게 두렵다. 작품의 첫 문장을 쓰는 것뿐 아니라 그날 작업의 첫 문장을 쓰는 것도 벅차다. 글쓰기의 시작이 어쩐지 다른 일보다 힘들다고 느껴진다. 대체 왜? 왜 그리 곤란하고 막막해서 미루게 되는 걸까?

오래전 한 유명 시나리오 작가의 인터뷰가 기억난다. 그분 역시 글쓰기의 시작이 힘들었는지 이렇게 말했다. "케이블 TV 전 채널을 수십 번 돌고 더 이상 볼 게 없어지고 나서야 겨우 책상으로 갑니다." 정말이지 공감 백 퍼센트다. 게다가 이제는 OTT

와 유튜브의 시대가 아닌가? 글쓰기를 미루게 만드는 채널이 무한대다. '더 이상 볼 게 없어진다'는 건 불가능한 세상이 되었다.

22년 간 써왔지만 나 역시 일과의 시작인 첫 문장을 쓰기까지 갈팡질팡한다. 인터넷이 와이키키 해변도 아닌데 내내 서핑을 하고, 졸리지도 않은데 작업실 침상에 누워 잠을 청하고, 눈이 침침하다는 핑계로 건물 옥상에 올라 하교하는 초등학생 머릿수를 세기도 한다. 갑자기 마렵지도 않은 오줌을 누러 화장실에 가고, 작업실을 나서고 싶어 편의점에 가 즐기지도 않는 주전부리를 산다. 이렇게 글쓰기의 시작을 앞두고 서성이고 또 서성인다.

명심해야 할 것은 작품의 시작, 하루 작업의 시작, 그 모든 글쓰기의 시작에서 갈팡질팡하는 건 당신만이 아니라는 점이다. 거의 모든 작가들이 대체로 그러하다는 걸 기억하길 바란다. '아, 이게 나만 힘들고 곤란한 게 아니구나!' 그걸 알게 된 뒤 나는 일과의 시작에 앞서 일부러 한 시간 정도 어슬렁대며 예열을 하게 되었다.

물론 이 예열의 시간이 스킵되는 경우도 있다. 상당 부분 작품이 진행되어 한창 몰입하는 타이밍이 그렇다(몰입력). 또는 마감을 앞두었다든가(마감력), 집필료 입금이 확인되었다든가(금력), 자기 작품이 너무 사랑스러워 보인다든가(자뻑력) 등 당장 작가를 고무시킬 요소가 있을 땐 즉시 작품 속으로 빠져들기도 한다. 하지만 대개는 예열이 필요하다. 그래서 예열 시간이 너무 길어지지 않게 하는 것이 상책이다.

나의 경우는 출근해 컴퓨터를 켜자마자 작업 파일을 연다. 작업 파일을 먼저 열어 놓고 인터넷을 하든 다른 일을 한다. 그러면 어느새 작업 파일을 방치한 것에 대한 묘한 책임감을 느끼곤, 작업에 돌입하게 된다. 다른 짓을 하다가 작업 파일로 빨리 복귀할 수 있는 것이다. 또한 작업 파일을 여는 행동을 미리 해치우는, 말하자면 단계를 나눠 시작의 부담을 줄이는 것이다.

　하루 작업의 첫 문장 시작하기도 이리 어려운데, 전체 작품의 첫 문장을 시작할 때는 또 얼마나 힘이 들까? 궁리 끝에 나는 '작업 파일 작성'을 작품의 시작으로 정했다. 그러니까 작품을 처음 시작하는 날에는 한글 파일만 만들면 그날의 집필 행위가 끝나는 것이다. 이제 새 작품을 시작한 것이다. 부족하다고? 절대 아니다. 나는 이를 0페이지를 쓴다고 한다. 컨디션이 좋을 때는 첫 문장도 쓴다. 그러면 벌써 1페이지를 시작한 것이다.

　작품의 첫 문장은 무엇이라도 좋다. 어차피 바뀔 테니까. 세 번째 소설을 쓸 때까지의 내가 그랬다. 종종 소설가 지망생들에게 첫 문장 쓰기가 너무 어렵다는 질문을 받는데, 그것은 첫 문장을 기똥차게 써야 한다는 걱정 때문이다. 하지만 기똥찬 첫 문장은 초고에서 나오지 않는다. 소설이 책으로 나오기까지는 수많은 수정이 진행되기에, 일단 첫 문장은 아무거나 쓰고 이후 고치면 된다. 당신이 본 명작 속 그 기똥찬 첫 문장도 첫날에 일필휘지로 쓰인 것은 아닐 것이다.

　세 번째 소설까지는 나 역시 무심코 첫 문장을 썼고 편집 과정에서 반복해 수정했다. 네 번째 소설 《파우스터》에 이르러서야 준비된 첫 문장을 썼고, 이는 끝까지 살아남았다. 초기 구상 때부터 운 좋게 첫 문장이 떠올랐기 때문이다. 나는 마치 요격 미사일이 타격 장소를 향해 날아가듯 파일을 열고 오래 고민한 첫 문장을 써 내려갔다.

"마운드는 투수의 무덤이다. 까딱하면 묻힐 수 있다는 각오로 준석은 마운드에 오른다."

《파우스터》의 첫 문장으로, 준석의 캐릭터를 즉각적으로 보여준다. 이렇게 첫 문장을 미리 준비해 쓰는 경우도 있지만 대부분은 '일단 시작'이 중요하다. 책이 출간되기까지 당신은 첫 문장을 고칠 기회를 수없이 많이 얻을 것이기 때문이다.

첫날은 작업 파일을 만들고 아무 문장이나 쓰세요. 그럼 당신은 작품을 시작한 것입니다. **김호연**

그럼에도 여전히 첫 문장 쓰기가 버거운 당신에게 헤밍웨이도 시작할 때는 무척이나 곤란해했다는 걸 알려드린다.

때때로 새 작품을 시작하려는데 도저히 진전이 없을 때가 있다……. 나는 일어나서 파리의 지붕들을 바라보며 생각한다. '걱정하지 마. 너는 예전에도 썼고 지금도 쓸 수 있어. 네가 할 일은 단지 진실한 문장 하나를 쓰는 거야. 네가 아는 가장 진실한 문장을 하나 써 봐.' 그래서 마침내 진실한 문장 하나를 쓰고 나면, 나는 거기서부터 계속 진행해 나갔다. 당시에는 쉬운 일이었다. 내가 알거나 보았거나 누군가로부터 들은 진실한 문장이 늘 있었기 때문이다. 비록 복잡한 문장을 쓰거나, 무언가를 소개하거나 제안하는 사람처럼 쓴다고 해도, 나는 그 장식이나 꾸밈을 삭제하고 내가 처음 썼던 단순하고 선언적인 문장에서부터 다시 시작할 수 있다는 것을 깨달았다.◆

파리의 지붕들을 바라보며…… 계속 써왔으니 괜찮을 거라며 주문 외우듯 혼잣말하고…… 내게 진실한 문장 하나가 있음을 자꾸 되새기며…… 헤밍웨이도 그렇게 시작하곤 했다. 헤밍웨이에게 받은 기운을 담아 이번 장의 마무리 글을 다시 써보기로 한다.

첫날은 작업 파일을 만들고 진실한 문장 하나를 쓰세요. 그럼 당신은 좋은 작품을 시작한 것입니다. **김호연**

◆　어니스트 헤밍웨이 지음, 주순애 옮김(2012), 《파리는 날마다 축제》, 이숲

글쓰기의 사운드트랙이 있나요?

어릴 적부터 록 음악을 즐겼다. 중학교 때는 딥 퍼플, 레인보우, 송골매, 들국화를 레코드판으로 들었다. 록 음악에 빠졌지만 기타를 배우다 포기한 뒤 로커의 꿈은 접었다. 악기를 배우려면 꾸준한 연습이 필요한데 싫증을 잘 내는 터라 숙달이 안 됐다(그나마 글쓰기는 꾸준히 하고 있으니 신기한 노릇이다).

고등학교 때는 학교 중창단 활동을 했고 교회를 다니며 클래식 음악에 빠졌다. 더 다양한 음악을 듣게 되었고 노래를 잘 부르려고 애쓰기도 했다. 하지만 이 역시 취미 선에서 끝났다. 대학생이 되어서는 음악 하는 친구들을 많이 만났고, 당시 신문물인 노래방에도 뻔질나게 다녔다.

지나고 보니 주변에 늘 음악과 음악인이 있었다. 록, 클래식, 인디밴드, 보컬, 작곡, 연주 등 다들 음악에 미쳐 사는 사람들이었다. 그들을 보며 역시 나는 음악을 하지 않길 잘했어. 저들 같은 열정과 에너지를 어떻게 이겨, 라고 생각할 따름이었다.

지금도 음악을 좋아하고 음악인을 사랑하며 쉼 없이 음악을 듣는다. 거기에 더해 음악영화 시나리오도 세 편 썼다. 하나는 기획 단계에서 엎어졌고, 하나는 각색에 참여해 투자 라인으로 보냈고, 하나는 여전히 현재 진행형이다.

노동요에 대해 말하려다 '음악과 나'에 대한 이야기가 길어졌는데, 여기엔 그럴 만한 이유가 있다. 돌이켜 보건대 소설을 쓰며 힘들 때마다 나를 지탱해준 건 음악이었다. 나는 멀티태스킹이 안 되는 사람이다. 어떤 작가는 글쓰기와 다른 일을 동시에 하기도 한다. 집필을 하며 영화도 본다. 음주 작업도 능하고 동시에 몇 작품을 다루기도 한다. 그러나 나는 한 번에 한 작품을 닫힌 공간에서 오직 노트북과 눈싸움하며 써야 한다. 나와 원고 말고는 아무것도 작업실에 들일 수가 없다. 도움 받을 것도 없다. 무얼 먹으면서도 못 쓴다. 심지어 공복에 쓴다.

이런 나의 고독한 집필에 유일한 동반자가 있다면 바로 음악이다. 이른바 노동요. 당신은 글쓰기에 도움을 주는 음악을 보유하고 있는가? 글쓰기 리듬을 고양시키는 음악이 있는가? 오늘도 들으며 쓰고 있는가?

오래전 시나리오 팀 작업을 할 때의 이야기. 한 선배는 글 쓰는 내내 OST만 줄창 들었다. 작업 중인 작품의 레퍼런스인 〈미시시피 버닝〉의 OST였다. 때론 〈미시시피 버닝〉을 비디오로 재생시켜놓고 일했다. 선배는 TV에서 터져 나오는 진 해크먼의 쩌렁쩌렁한 고함을 들으며 글을 썼다. 그때 그에게 내가 배운 건 〈미시시피 버닝〉의 3장 구조가 아니라, 간절함이었다. 조금이라도 레퍼런스의 기운을 받으려는 필사의 노력에서 숭고함마저 느껴졌다.

한 번은 동료 작가가 음원 파일을 보내준 적이 있다. 요한 제바스티안 바흐의 무반주 첼로 모음집이었다. 글 쓸 때 들으면 영감이 솟아오른다며 준 것이다. 들어보았다. 확실히 깊은 울림이 있었다. 감정의 움푹한 곳을 활로 어루만져주는 음악이었다. 이후 나는 감정 신을 쓸 때면 바흐를 들었다.

전업작가 초창기부터 줄곧 음악을 들으며 썼다. 지금도 동인천을 생각하면 자연스레 〈어바웃 어 보이〉 OST가 귓가에 서성인다. 배들리 드론 보이가 노크하듯 '할 말이 좀 있다고' 속삭이면 고개가 까딱거려진다. 동시에 키보드 치듯 자판 위 손가락을 놀린다. 음악의 리듬에 몸이 반응하며 머리와 가슴도 자극된다. 한참을 쓰다 정신을 차리고 쓴 부분을 다시 읽으면, 리듬감 좋은 문장이 배열되어 있다. 때론 엉망진창이기도 하다. 그래도 잠시나마 동기화된 노동요와의 협업은 꽤 즐겁고 능률도 좋다.

요즘은 작업 내내 음악을 듣지 않는다. 귀도 힘들다. 때론 작품에 몰입해야 하는 상황에 방해가 되기도 한다. 이제는 작업을 시작할 때 그날에 맞는 뮤지션의 앨범 하나를 듣고 묵음의 시간을 보낸다. 이후 작업 후반부 기분 전환이 필요할 때 느낌이 오는 뮤지션의 앨범을 들으며 감정을 고양시킨다.

요즘 내 작업실의 사운드트랙을 리스트업해보자면,

- Adele 〈19〉, 〈21〉, 〈25〉

- Avicii 〈TIM〉

- CHVRCHES 〈Every Open Eye〉, 〈Love is Dead〉

- Coldplay 〈Every life〉

- FUN 〈Some Night〉

- Glen Check 〈Haute Couture〉

- Gotye 〈Making Mirrors〉

- Green Day 〈American Idiot〉

- Oasis 〈Time Files〉

- Quruli 〈TOWER OF MUSIC LOVER〉

- Radiohead 〈THE BEST OF RADIOHEAD〉

- Suede 〈SINGLES〉

-Two Door Cinema Club 〈Tourist History〉, 〈BEACON〉, 〈False Alarm〉

- Weezer 〈weezer / Green〉, 〈weezer / Teal〉, 〈weezer / Black〉

　보다시피 매우 획일화된 취향을 알 수 있는 리스트. 여기에 인디음악과 영화 OST가 추가된다. 감정이 깊은 대사를 쓸 때는 '아델', 경쾌한 지점을 쓸 때는 '아비치' 또는 '그린데이', 묵직한 내용을 쓸 때는 '라디오헤드', 잔잔한 부분에는 '콜드플레이'를 듣는다. 퇴고를 할 때는 '위저'와 '투 도어 시네마 클럽'을 틀고, 글이 안 풀릴 때는 필살기로 '오아시스'를 듣는다.

　오아시스의 노래를 들으면 어떻게든 글을 쓰게 된다. 음악에는 최면 성분이 있는지 집필이 지지부진할 때마다 잘 써질 때의 음악을 주문처럼 듣는다. 스피커에서 〈Live Forever〉가 흘러 나오면 지금 쓰고 있는 문장이 살아나 세상 사람들에게 영원히 읽히고 또 읽힐 것만 같다.

노동요는 이처럼 자신과 싱크가 맞는 음악을 고를 수 있다면 글쓰기의 추동력으로 작용할 수 있다. 잊지 마시라. 당신을 고양시킬 만한, 글 작업에 리듬을 더해줄 음악을 확보하라. 그리고 가끔은 노동요를 따라 부르며 글을 써도 좋다. 부끄럽지만 쓸 만하다.

이 장은 Weezer가 리메이크한 E.L.O의 〈Mr Blue Sky〉를 들으며 썼다는 것을 밝힌다.

집필 생활의 영양제

원시 부족은 이야기꾼을 존중했지만, 이야기가 좋지 않으면 그를 죽여 저녁으로 먹었다. **윌리엄 프로우**◆

세 번째 소설 《고스트라이터즈》의 도입부 금언이다. 이 작품은 '한 유령작가(대필작가)가 쓴 대로 미래의 일들이 벌어진다'라는 판타지적 요소를 차용한 '작가 이야기'다.

자전적 요소가 녹아 있는 이 소설은 각 챕터 시작은 물론 본문에도 글쓰기 금언이 쉬지 않고 나온다. 초고를 쓰던 동인천 시절에는 몰랐으나, 완성하고 나서 보니 내가 이러한 글쓰기 금언에 의지하며 글을 써왔다는 걸 알게 됐다.

도입부 금언을 실감하던 시절은 제작자, 피디, 감독 모두에게

◆ 윌리엄 에이커스 지음, 구정아·김영덕 옮김(2011), 《시나리오 이렇게 쓰지 마라》, 서해문집

시나리오가 잘근잘근 씹히던 때였다. 제작사 사람들은 물론 지인들에게도 내 작품은 함량 미달의 졸고였고, 그들의 비판과 실망, 거절에 섬뜩해하며 이 일의 두려움을 경험했다. 그러던 중 읽은 윌리엄 에이커스의 《시나리오 이렇게 쓰지 마라》는 명징한 통찰을 주었다. 도입부 금언 역시 이 책에서 발견한 문장이다.

충무로 도제제도 막바지에 선배들과 일하며 시나리오를 배운 나는, 학교에서 영화와 시나리오를 공부한 전공자들에 비해 이론적으로 부족함을 느꼈고 이를 여러 작법서와 반복된 습작으로 이겨내려 애썼다. 그렇게 작법서를 찾아 읽다 보니 글쓰기에 대한 금언들도 많이 접하게 되었다.

글쓰기 금언은 자칫 어설픈 아포리즘이나 추상적인 충고에 머물 수 있다. 실제로 본인에게 와닿지 않으면 고속도로 화장실에 적힌 긍정 표어와 다를 바 없다. 하지만 나는 글쓰기 금언을 영양제라고 느낄 만큼 집필 생활에 큰 도움을 받았다(작품에도 많이 인용했고).

《고스트라이터즈》 속 마지막 금언은 이러하다. '희망도 절망도 없이 매일 조금씩 글을 쓴다.' 레이먼드 카버가 자신의 수필 어딘가에 인용한, 아이작 디네슨의 이 금언은 어떻게든 나를 쓰게 만든다. '오늘 공쳤다 생각 말고 해 지기 전에 조금이라도 쓰자'고 마음을 먹게 하고, 실제로 몇 줄이라도 더 쓰게 만든다.

글을 쓸 용기를 낸다는 것은 두려움을 지워버리거나 '정복하는' 것이 아니다. 현직 작가들은 불안감을 씻어낸 사람들이 아니다. 그들은 심장이 두근거리고 속이 울렁거려도 포기하지 않

고 글을 쓰는 사람들이다. **랄프 키스**◆

　용기라는 것이 두려움을 못 느끼는 것이 아니라 그 두려움을 딛고 나아가는 것이듯, 글쓰기도 불안과 막막함을 견디고 자판을 두드리는 손가락에 힘을 주는 일이란 걸 상기시켜준다.

　이야기의 성패를 판가름하는 것은 작품을 통해 분명하게 드러나는 작가 자신의 개성이다. 그 자체로 진부한 상황은 없다고 나는 감히 말하고 싶다. 다만 무신경하거나, 상상력이 부족하거나, 속을 털어놓지 않는 작가가 있을 뿐이다. 인간은 동료 인간이 맞닥뜨린 궁지가 속속들이 묘사될 때 감동을 받는다.◆◆

　무신경. 상상력 부족. 솔직하지 못함. 이것은 한마디로 진정성 없는 작업 태도다. 소설을 쓸 때 작가의 마음가짐과 태도가 어때야 하는지를 명징하게 알려주는 문장이고, 이렇게 진정성이 바탕이 되어야 작가의 개성이 온전히 작품에 담길 수 있다는 것 역시 알려주고 있다. 작가가 자신을 속이면 독자 역시 속일 수 있기에, 글을 쓰는 매 순간 잊지 말아야 할 금언이 아닐 수 없다.

　글을 쓰는 것은 밤에 차를 운전하는 것과 비슷하다. 당신은 헤드라이트가 비추는 곳보다 결코 멀리 볼 수가 없다. 하지만 그

◆　바바라 애버크롬비 지음, 박아람 옮김(2016),《작가의 시작》, 책읽는수요일
◆◆　도로시아 브랜디 지음, 강미경 옮김(2018),《작가 수업》, 개정증보판, 공존

런 식으로 끝까지 여행할 수는 있다. **E. L. 독터로**

'밤 운전과 같은 글쓰기'는 이미 유명한 글쓰기 금언이다. 등산 역시 비슷하다. 우리는 눈앞에 디딜 지점만 보고 다리를 들어올린다. 그렇게 가다 보면 언젠가 정상에 도달하듯이. 물론 우리에겐 작품을 조망할 수 있는 줄거리가 있다. 하지만 글을 쓸 때는 당장 눈앞의 길에 집중해 한 발짝씩 가야 한다. 나는 작품의 시작 즈음, 갈 길이 막막할 때 이 금언을 떠올린다. 큰 그림이 안 그려질 때 오늘의 길만 걷자고 다짐한다.

글쓰기는 한 번 배우면 반복적으로 사용할 수 있는 자동차 정비와는 다르다. 훌륭한 글을 쓰기 위해 새 시나리오를 쓸 때마다 글쓰기를 배운다는 심정으로 임해야 한다. 그리고 스스로 사용하기로 결심한 전략들이 왜 여러분의 특정한 이야기에 유효한지를 밝혀내야만 한다. **켄 댄시거♦**

글쓰기는 매번 새로운 영역으로의 탐험이므로 그에 맞는 장비와 마음가짐이 필요하다는 이 대목은, 자만하지 않고 새 작품을 준비할 수 있는 정신무장을 도와준다. 이제 기술의 발달로 자동차 정비 기술 역시 계속 업그레이드해야 하는 세상이니, 글쓰기 기술 역시 쉼 없이 진화해야 한다.

♦ 켄 댄시거·제프 러시 지음, 안병규 옮김(2006), 《얼터너티브 시나리오》, 커뮤니케이션북스

되도록 난 관객들이 똑똑하다고 생각하려고 하며, 공감이 안 되는 작품을 쓰기보다는 "극장에 가서 똑똑한 사람들이 말하는 똑똑한 사실을 보는 것이 낫지 않을까?"라고 생각하는 관객들을 존경하는 마음으로 글을 쓰려고 한다. 그리하여 관객들을 자극적으로 즐겁게 만들어 그 이야기 속으로 빠뜨리면서, 다른 한편으로는 관객을 지적으로 즐겁게 해 주면서 가능하면 의미 있는 글을 쓰려고 노력한다. **마이클 시퍼**◆

시나리오를 쓰다 보면 종종 관객 수준을 낮게 보는 창작자를 만나곤 한다. 심지어 가르치려 들기도 한다. 예술영화든 상업영화든 관객을 만만하게 보면 절대로 잘될 수 없다. 까불다 망한다는 말이 딱 맞는 경우다. 관객은 똑똑하고, 영화라는 문화상품은 관람료 이상의 가치(시간, 예매, 팝콘 값, 동행, 데이트의 성공 여부 등)가 포함되어 있다. 특히 한국 관객은 매우 영리한 소비자다. 소설 독자는 말할 것도 없다. 이 금언은 내게 겸손과 희망을 동시에 건네준다. 작가가 그들을 존중하며 똑똑한 작품을 쓰려 노력한다면, 똑똑한 관객과 독자도 이를 알아줄 거라는 믿음을 준다.

글 쓰는 일을 받아들여 습관으로 만들고 그 습관이 강박관념이 되기 전에는, 그 사람은 작가가 아니다. 글 쓰는 일은 강박

◆ 칼 이글레시아스 지음, 이정복 옮김(2005), 《할리우드에서 성공한 시나리오 작가들의 101가지 습관》, 경당

관념이 되어야 한다. 그것은 말하고 잠자고 먹는 일처럼 본질적이고 생리적이며 심리적인 것이 되어야 한다. **나위 오순다레**◆

끝나지 않는 마감에 대한 강박으로 마음이 온통 무너진 때가 있었다. 그런데 동양 현자 느낌의 이름을 가진 이 작가의 말이 나를 안정시켜 주었다. 글쓰기는 강박이고 강박에 빠진 것 자체가 네가 작가라는 사실을 일깨워준다는 이 놀라운 말씀! 이 금언으로 인해 나는 강박으로 점철된 마감 노동자의 삶을 조금이나마 긍정하게 되었다.

이처럼 수많은 금언들이 내가 글을 쓰다 지칠 때마다 마치 치료라도 하듯 머릿속에서 알게모르게 작용한다. 글을 쓰기 전에는 정신무장을 시켜주고, 때로는 작법 아이디어를 전수해주며, 지치고 상처 받았을 때 기운이 나게 한다. 당신도 자신에게 와닿는 글쓰기 금언을 수집해보기를. 그것이 주문처럼 당신의 글쓰기에 기운을 더해주기를 기원해본다.

◆ 칼 이글레시아스 지음, 이정복 옮김(2005), 《할리우드에서 성공한 시나리오 작가들의 101가지 습관》, 경당

글쓰기의 부적 혹은 토템

이 두 장의 그림은 무엇일까?

한동안 작업실 책상에 놓여있던 이것은 내 글쓰기 토템이다. 글이 잘 써지면 HUG ME, 글이 안 써지면 KICK ME. 반대로 해도 된다. 글이 안 써지면 나를 안아주고, 글이 잘 써지면 까불지 말라고 엉덩이를 걷어찬다. 그 시절 글을 쓰다 막히면, 잠시 쉬다 집필을 재개할 때 버튼 누르듯 이것을 HUG ME or KICK ME 로 뒤집어 놓았다. 그리고 썼다.

그러면 이 물건의 원래 용도는 무엇이었을까? 맥주잔 받침(코스터)이다. 친구의 맥주 펍에서 알바하다 챙긴 이 코스터는 본업인 맥주잔을 받치는 대신 나의 글쓰기 멘탈을 받쳐주었다.

당신도 이 같은 토템이 있는가? 작업실 한 쪽에 의지할 마스코트가 있는가? 당신은 지푸라기라도 모아 글쓰기의 멘탈이 흔들릴 때 붙잡을 '정신줄'을 만들어 놓아야 한다.

글쓰기와 연관된 소품, 행운을 상징하는 기념품, 연인 혹은 가족의 사진, 저작권 등록증, 당선증, 상패, 출간작 등 글 쓰는 곳 가까이 두고 볼 때마다 당신의 창작 정신을 벼려줄 수 있는 토템을 가져다 놓길 바란다.

주먹을 불끈 쥔 음악 앨범 이미지가 있다. 나는 그 앨범 이미지를 볼 때마다 주먹을 꽉 쥐고 용기를 얻는다. 그리고 그 앨범의 대표곡을 들으며 기운을 낸다. 언제든지 다시 주먹을 뻗어 싸울 수 있다고. 음악에는 특별한 힘이 있기에, 그 음악을 대표하는 앨범 이미지를 그려서 작업실에 붙여 놓았다. 그 이미지를 볼 때마다 불굴의 의지를 떠올리게 하는 가사가 머릿속에서 자동 재생되는 것이다. 그 노래가 담긴 앨범이 바로 이 노래다.

월드컵, 올림픽, 국민적 응원이 필요한 모든 곳에 울려 퍼지는 노래가 있다. 듣자마자 '이 곡, 나 알아!' 하며 단숨에 비트를 타고 떼창에 합류할 수 있지만, 도대체 밴드의 이름은 어떻게 읽어야 하는 것이며, 곡명은 어떻게 발음해야 하는지 오묘한 난관에 봉착하게 만드는 노래.

바로 영국 밴드 첨바왐바(Chumbawamba)와 그들의 대표곡 'Tubthumping(텁-썸핑 : 열변)'이다. 1997년 발표되어 1998년 프랑스 월드컵을 계기로 전 세계를 강타한 메가 히트송. 쉽고 반복적인 가사, 밝고 세련된 기타 사운드, 어깨춤이 절로 나오는 업비트에 명랑하게 들리지만, 이면을 알고 나면 결코 가볍게 넘길 수 없는 곡이다.

'무슨 일이 닥쳐도 나는 넉 다운 되지 않고 일어설 것이며, 우리는 승리의 노래를 부를 것이다.' 이와 같은 메시지를 담아 90년대 영국 노동자들의 현실과 문화, 예술, 가치를 녹여낸 노래다. 밴드 첨바왐바는 유명한 사회운동 집단이기도 하다. 글로벌 기업에서 이 곡을 자신들의 캠페인 송이나 CF 배경음악으로 살 경우, 그 수익을 기부하고 환원하는 것으로도 유명하다.

바로 이것은 첨바왐바의 'Tubthumping' 앨범 이미지다.

나는 쓰러졌지만 다시 일어날 것이고, 기운을 낼 거야!
나는 카운트 텐이 들리기 전에 무조건 몸을 세울 거야!
나는 인생이란 사각의 링에서 마지막까지 서 있을 거야!
서 있는 한 지지 않고, 지지 않는 한 살아 남는 거야.

쓰러지는 건 두렵지 않아. 인생이란 전쟁에선 늘 쓰러지지.

하지만 나는 다시 일어나고 너는 나를 계속 눕히지 못해.

내가 다시 일어날 땅이 바로 내가 누운 땅이거든.

그러니까 나는 여기에 익숙해. 내가 다시 일어날 땅이니까.

'텁-썸핑'을 들을 때마다 나는 이렇게 나만의 상상을 한다. 이 열변은 나를 다시 일어나게 하고 다시 버티게 하고 마지막까지 서 있게 하는 악착같은 힘을 준다고.

그래서 나는 2012년부터 '텁-썸핑' 앨범 이미지를 5년 간 부적처럼 챙겼다. 2012년, 그저 밝고 신나는 곡으로만 알았던 이 노래가 위와 같은 의미를 지닌 곳이라는 걸 알게 되고 마음이 동했다. 당시에도 여러 '갑'들에게 감 놔라 배 놔라 귤 까라 소리를 들으며 원고를 고치는 '을'이었기에 크게 공감이 갔다.

어느 날 회의에서 왕창 깨진 나는 이 노래의 앨범 이미지를 직접 그려 책상 앞에 붙여버렸다. 부적처럼. 이후 회의에서 시달리다 지쳐 포기하고 싶을 때, 공모전에 떨어져 낙담했을 때, 알 수 없는 무기력증으로 작가생활에 회의가 들 때, 겨우겨우 앉은 책상 앞에서…… 이 부적을 보게 되면 불끈 힘이 솟았다. 다시 펀치를 날릴 용기가 생겼다.

마치 들장미 소녀 캔디 주제가처럼 이 노래와 이미지는 내게 '포기할 수 없는 글쓰기 라이프'의 응원가와 포스터가 되어주었다.

마지막으로 묘한 해프닝 하나를 이야기하겠다. 전업작가가 된지 1년이 조금 지났을 때, 나는 그동안의 작업이 모두 허탕으로 돌아갔음을 인정해야 했다. 생계를 위한 잡문을 쓰며 작가가 되겠다고 나선 걸 후회하던 참이었다.

우연히 옛 출판관계자들과 함께한 자리 2차에서 한 사람을 마주했다. 그는 출판계에서도 한참 선배인 듯했는데(자세히 기억하지 못하는 건 그때가 초면이었고, 이후로도 그를 본 적이 없으며, 심지어 이름도 모르기 때문이다), 누군가 그에게 나를 '출판사 잘 다니다 때려치고 작가 되겠다고 고생하는 친구'라고 소개했다. 그때 그는 나를 가만히 살피곤 한마디 했다.

"당신은 잘될 겁니다. 반드시 좋은 작품을 쓸 거예요."

난감했다. 이 뜬금없는 덕담을 어찌 해석해야 할지 몰라 당황스러웠다. 초면인 당신이 나에 대해 무얼 안다고? 당신이 날 도와줄 것도 아니면서, 대체 무슨 근거로 나조차 확신하지 못하는 말을 쉽게 하지? 신기가 있나? 덕담 남발자인가?

그렇다고 따져 물을 상황도 아니기에 그도 나도 주변도 그냥 흘려 넘겼다. 술자리 잡담 이상도 이하도 아니었다.

놀라운 일은 다음에 벌어졌다. 그날 이후 나는 글쓰기가 고통스러울 때마다 이름 모를 그 사람의 말이 떠올랐다. "당신은 잘될 겁니다. 반드시 좋은 작품을 쓸 거예요." 그때 그 말은 어느새 내게 창작의 심해에서 버틸 수 있는 산소통이 되어주고 있었다. '그래, 다 잘될 거야. 좋은 작품을 쓸 거야. 그 사람이 그랬잖아. 그 사람이 누군지 뭐가 중요해. 근거 따위 뭐가 중요해.'

그러므로 부적이든 주문이든 토템이든 당신의 글쓰기를 도울 어떤 것이라도 기억하라. 수집하라. 옆에 두고 계속 음미하기 바란다.

그 불치의 고통과 다스림에 대해

'어쩌면 작가는 평생 무언가를 씀으로써 자기 내면을 치유하며
생을 견뎌야 하는 불치병 환자일지 모르겠다.' **김호연**

세 번째 장편소설 《고스트라이터즈》에 나오는 글귀다. 그렇
다. 작가의 직업병은 불치병이다. 써도 써도 치유가 되는 것과
거리가 멀고 그저 삶을 견디는 방편으로 글을 쓰는 게 아닌가 싶
을 때도 있다. 어느덧 사는 것과 쓰는 것이 같은 일이 되고, 작가
는 글쓰기에 중독된 채 쓰지 않으면 살 수 없는 존재가 된다.

나 역시 누가 쓰라고 권하거나 시켜서 지금 이 글을 쓰는 게
아니다. 다만 내가 경험한 소설 쓰기와 글쓰기의 마음가짐과 디
테일에 대해 적는 것이다. 이 글을 읽는 당신이 소설가 지망생이
든 일반 독자든, 누구든 이 글을 읽고 도움이 되길 바라는 마음
으로 쓸 뿐이다.

만성적인 고질병 말고 좀 더 실질적인 직업병에 대해서도 이

야기해보도록 하겠다.

먼저 디스크 통증. 작가생활을 하며 관리하지 않으면 가장 먼저 상하는 곳이 허리와 목의 디스크다. 이상한 점은 작가들만 책상에 앉아 일하는 것이 아닌데, 유독 작가들이 척추에 병을 얻는 경우가 많다는 것이다. 동료 작가들이나 작가 지망생 모임에서는 디스크 통증에 대해 너도나도 우는 소리를 내곤 한다.

작가이기 이전부터 허리 디스크 통증을 앓았다. 작가가 되고는 그럭저럭 허리가 몸을 버텨주었다. 하지만 목 디스크 손상은 예상치 못한 고통이었다. 목 디스크를 다치기 전까지 나는 노트북 받침대 사용을 좀처럼 이해하지 못했다. 카페에까지 받침대를 가져와 노트북을 올리고 키보드도 따로 싸들고 와야 하고…… 저렇게 일한다는 게 불편해보일 뿐이었다. 정작 노트북 받침대가 목 디스크 손상을 예방한다는 건 몰랐다. 누군가 말해줬더라도 사람 목이 노트북 보느라 숙인다고 맛이 가겠냐며 방심했을 것이다.

지금 나는 카페는 물론 작업실에서도 노트북 받침대 없인 글을 쓰지 못한다. 모니터를 눈높이에 맞추지 않으면 한 줄도 쓸수 없다. 불치병이다. 디스크 수술을 하는 건 최후의 선택이다. 관리하며 버텨야 한다.

2015년 1월, 《연적》을 마감할 즈음 오른손 검지에 전기가 찌릿찌릿하기 시작했다. 그것이 점차 팔 통증으로 이어져 어깨 통증이 되었지만, 무식한 나는 어깨에 파스를 붙이고 마감을 했다. 마감에 치여 몸이 지친 걸로만 여겼다.

하지만 마감 후 21세기 문학관에서 퇴실할 때가 되자 오른팔을 아예 쓰지 못할 만큼 팔 전체가 고통스러웠다. 그제야 증상을 조사해 목 디스크에 문제가 생긴 걸 알게 됐고, 서울에 와 도수치료, 찜질, 부항 등 여러 가지 치료를 받았다.

그중 제일 효험이 있던 것은 경추 베개와 휴식이었다. 한 달간 아무것도 안 하고 누워 있었고, 그 기간을 경추 베개를 베고 지냈다. 시간이 흐르자 신기하게도 언제 아팠냐는 듯 팔과 목의 통증이 사라졌다. 하지만 고개를 숙이면 재발할 거란 두려움에 노트북 받침대를 구입했고, 책을 읽을 때도 손으로 눈높이를 맞추고 읽게 되었다.

이후 잘 버텨오던 나의 목은 《파우스터》를 마감하던 2018년 가을에 다시 고장이 나고 말았다. 이번엔 왼손이었고 곧 왼팔 전체가 마비되었으며 고통이 심해 응급실에 가야 했다. 정식으로 대형병원에 수속을 밟았고, 전문의 소견을 통해 목 디스크와 허리 디스크 탈출 진단을 받았다. 그 진단을 받기까지 두 달 간 동네 통증병원에서 매일 온갖 통증치료를 받으며 버텼다. 대형병원 의사는 당장 수술을 할 순 없으니 살을 빼고(살의 무게가 요추와 경추에 무리를 주기에), 스트레칭을 꾸준히 해주고, 조심하는 수밖에 없다고 했다.

디스크 손상의 고통을 너무 강조하는 듯하지만, 백번 강조해도 틀리지 않다. 너무나 고통스럽고, 작가의 기본 생활인 글쓰기와 책읽기를 수행할 수 없기 때문이다. 아직 요추와 경추에 디스크 문제가 없으신 분은 지금부터라도 적극적으로 관리하기 바란다. 평소 몸을 가볍게 하고 자세를 바르게 하고 유튜브와 책을 통해 목과 허리를 공부해야 한다. 글을 쓸 때도 한 시간 쓰고 10분은 일어나 스트레칭으로 자세를 교정해야 한다. 절대 숙이고 무얼 하지 마시라. 디스크 손상은 고통스럽고 글쓰기를 포기할 수도 있게 만드는 병이다.

이런 물리적인 직업병 말고 또 다른 주요 작가병으로 라이터스 블록(Writers' Block)이 있다. 하지만 나는 이 병의 실체를 잘 모른다. 작가생활이 힘들고 지칠 때 우울감과 무기력증이 엄습한 적은 있지만, 글이 안 써져 눈앞에 벽이 있는 것처럼 괴롭고 막막한 적은 없었다. 고로 구태의연하지만 이렇게밖에 말할 수 없다.

'글이 안 써질 땐 글을 쓰면 됩니다.'

이것은 라이터스 블록을 깨기 위한 방편이 아니고, 작가의 일상이 그것이기 때문이다. 걷지 않으면 앞으로 갈 수 없듯 쓰지 않으면 글은 나오지 않는다. 이 점에서 나는 단호하다. 글이 안 써지는 건 계속 쓰지 않아서라고.

한편으로 작가의 직업병 중에는 '자뻑 병', '내 글 구려 병', '질투 폭발 병' 등의 잔병이 있다. 그런데 이것은 누구에게나 적용되는 마음가짐에 관한 문제다. 일반적인 멘탈 수업과 같은 부분이기에, 인간으로서 마음을 다스려야 할 것이다.

마지막으로 언급할 것은 작가병에 준하는 '부작용'이다. 모든 작가가 힘든 글쓰기를 견디기 위해 다양한 보상체계를 선택하는데, 그 보상체계가 때로 부작용을 유발하고 그 부작용이 주업인 글쓰기를 방해할 때 생기는 문제다.

나는 술을 보상체계로 삼고 있다. 언제나 마감 후엔 맥주 한 캔, 소주 한 잔, 와인 한 병이 떠오르는 것이다. 작품을 마감한 D-day라면 신나게 마실 수 있다. 하지만 문제의 보상체계가 매일의 마감에 벌어지는 게 문제다. 별다른 취미와 여유가 없는 관계로 술로 하루를 마감하고 하루의 수고를 치하해 온 게 버릇이 된 것이다.

문제는 이 양이 과해지고 매일 과음 과식을 하게 된다는 것. 일이 안 풀리던 시절은 과음이 잦아 글 쓰는 시간보다 술 마시고 퍼져 있는 시간이 더 많았다. 아마도 초기 알코올 중독이었을 것이다. 다행이라면 혼자 마시지 않고 같이 술을 나누어 준 친구들이 있었다.

레이먼드 카버는 젊은 시절 '러닝 독'이라는 별명을 가지고 있었다. '앞장서 퍼마시는 술꾼'이라는 뜻인데, 그도 금주 후 보다 안정적으로 글을 쓸 수 있었다. 찰스 부코스키는 그 자신을 모델로 한 영화 〈술고래〉(barfly. 미키 루크, 페이 더너웨이 주연)가 나올 정도로 주색잡기의 달인이었다. 하지만 이제 술이 작가의 뮤즈가 되거나 기행의 변명이 되지 않는 시대다. 그래서도 안 되고 술이 작가를 버티게 해주는 도구가 되어서도 안 된다.

그리고 여기 '술' 대신 다른 무언가를 대입해도 해당이 된다. '게임 중독', '과도한 주식투자', '쇼핑 중독' 등 고된 글쓰기를 잊기 위해 선택하는 나쁜 부작용이 차고 넘친다. 일반인들도 이런 걸 피해야 하는데, 작가는 업무 시간이 자유롭다는 이유로, 모니터를 앞에 두고 혼자 일한다는 이유로, 이 같은 중독에 노출될 위험이 크다.

내게 작가생활의 이점이 있다면 게임과 주식을 못 하는 것이라고 말하겠다. 90년대 말 스타크래프트를 해보곤 영 소질이 없어 이후 모든 온라인 게임을 포기했다. 또한 숫자맹이라 주식차트 보는 걸 질색했고, 모니터에 주식 현황을 띄울 일도 없었다. 글쓰기도 게임도 주식도 모두 모니터를 보고 하는 행위다. 부디이 세 가지 중 글쓰기로 모니터를 쓰는 시간이 다른 두 가지보다많기를 바란다.

직업병에 대해 열변을 토하고 나니 목이 마르다. 어느새 작업실 문을 닫을 시간이다. 퇴근 후 술 한 잔이 필요한 시간이고, 건강한 보상 체계가 작동하길 바랄 따름이다.

다섯 번째 작업실

계속되는
작업실 여행기

문학관 지원 시 가장 중요한 것은 무엇일까? 문학관의 위치? 문학관의 생활환경? 창작지원금 제공? 맛있는 식사? 전부 틀렸다. 가장 중요한 건 '지원서 작성'이다. 문학관 입주 지원자는 모두 작가들이다. 다들 지원서도 잘 쓸 것이다. 경쟁도 치열하다. 그러므로 지원서를 엄청 잘 쓰지 않으면 입주 작가로 선정되기 쉽지 않다.

지원서에는 작가의 이력, 입주 목적, 창작 계획 등을 적는다. 나는 여기에 '간절함'을 추가한다. 마치 심사위원이 이 사람 안 뽑아주면 병나겠네, 라고 느끼게 지원서를 작성한다. 그래서일까, 비교적 많은 문학관과 레지던스에 입주할 수 있었다.

21세기 문학관 다음은 제주 집필실이었다. 2015년 초, 《연적》

의 재고를 위해 작품 배경인 제주도를 취재해야 했던 나는 마침 서울 명동 프린스호텔이 소설가들에게 제주 집필실을 제공한다는 뉴스를 접했고, 지원서를 제출해 입주 작가로 선정됐다. 기간은 4월 16일부터 5월 말까지. 이번에도 한 달 반의 입주 기간이었다.

제주 한 달 반 살이는 근사했다. 남원읍 중산간 귤밭 사이 집필실에서 혼자 글을 쓰고 밥을 짓다보면 하루가 어떻게 가는지 모르게 흘러갔다. 낮에 창을 열면 한라산이 나를 내려 보고 있었고, 밤에 잠이 안 오면 한라산 소주와 귤을 먹었다. 작품의 배경이 될 공간을 찾아 다녔고, 공천포 해변, 사려니 숲길, 따라비 오름을 찾아 충실한 취재를 할 수 있었다. 취재와 집필에 매진하다보니 봄이 다 갔고 입주 기간에 맞춰 원고도 완성했다. 홀로 낯선 공간에서 글을 쓰는, 섬에서의 특별한 시간이었다.

다음 입주 공간은 2016년 여름에 지원해 선정된 한국과학기술원이었다. 흔히 카이스트(KAIST)라 불리는 이곳은 당시 '엔드리스 로드(Endless Road)'라는 스토리 분야 작가들을 위한 레지던스 프로그램을 운영했다. 6개월 간 15평 아파트 공간을 사용할 수 있었고, 매달 창작 지원금이 제공됐으며, 학내 모든 공간을 학생들과 똑같이 사용할 수 있는 파격적인 조건이었다. 대신 성실히 창작 공간에서 집필을 수행해야 하고, 학생들과의 교류 프로그램을 기획·진행해야 했다.

당시 나는 세 번째 소설《고스트라이터즈》의 초고를 손에 쥔 채 작업실을 구하고 있었기에, 이 역시 절실한 기회였다. 경쟁이 치열할 걸로 예상해 기획안에 공을 들였다. 나는 스토리텔링 강의는 물론 학생들의 작품을 분석하고 첨삭해 자기 이야기를 갖게 하는 '7주 간의 스토리텔링 워크숍' 기획안을 완성해 지원했다. 하지만 똑 떨어졌다.

그런데 그 다음 주 카이스트 측에서 연락이 왔다. 추가 합격자를 뽑는데 면접을 보러 오지 않겠냐는 것이 아닌가. 추가 합격의 기회라니, 정말로 믿어지지 않았다. 대전으로 내려간 나는 면접을 보고 하반기 입주 작가로 선정되었다. 크나큰 행운이 아닐 수 없었다.

카이스트에서의 6개월 동안 세 번째 소설《고스트라이터즈》의 카카오페이지 연재를 완수했고, 단행본 용 편집을 마쳤으며, 네 번째 소설《파우스터》의 구상과 기획을 완성했다. 이 프로그램이 아니었다면 불가능했을 작업량이었다.

'작업실 여행기'는 계속되었다. 2017년에는 CJ ENM에서 만든 창작지원 프로젝트 O'PEN의 영화 부문 작가로 당선되어, 전망 좋은 상암동 작업실을 마음껏 사용할 수 있었다. 2018년 여름에는 담양 산골의 아름다운 공간 '글을 낳는 집'에 입주해 네 번째 소설《파우스터》를 집필할 수 있었다.

2019년은 아예 문학 창작공간을 다니며 한 해를 보냈다. 봄에는 서울문화재단의 '연희문학창작촌'에서, 여름에는 원주 '박경리 토지문학관'에서, 그리고 가을에는 토지문화재단과 제휴한 스페인 마드리드의 'Residencia de Estudiantes'에서 새 작품의 구상과 집필에 매진하며 한 해를 보냈다. 그야말로 쉼 없는 작업실 여행기였다.

이 여정이 결코 쉬운 것만은 아니었다. 앞에서 언급했듯 카이스트 작가 레지던스는 한 번 떨어지고 나서 간신히 추가 합격할 수 있었고, CJ O'PEN은 그 전신인 '스토리 업'에 두 번 떨어지고 세 번째 도전 끝에 당선되었다. 연희문학창작촌과 스페인 레지던스도 첫 번째 지원에서는 물을 먹고 다음 해 심기일전 재도전해 입주작가로 선정될 수 있었다.

창작 공간은 적고 지원자는 많아 입주 경쟁이 치열하다. 경쟁 속에서 소중하게 얻은 기회이기에 책임과 부담도 크다. 그래서 입주 기간 동안 출간이라는 결과를 만들어내기 위해 애써 써야 했다.

내가 소설가의 삶을 포기하지 않을 수 있었던 건 이처럼 뜻 있는 분들이 마련한 훌륭한 집필 공간을 제공받을 수 있었기 때문이다. 무심코 매몰되는 일상과 험난한 생계 활동을 뒤로 하고, 나와 작품만이 있는 집필 공간에 들어갈 때마다, 묘한 감회와 의지가 솟곤 했다. 이곳이야말로 내 글쓰기의 안전과 충전이 보장되는 곳이라고. 이곳에서라면 어떻게든 작품을 완성하고 나갈 수 있다고.

안타깝게도 지금까지 언급한 집필 공간 중 세 곳은 이제 존재하지 않는다. 21세기 문학관은 2019년 들어 문학관 사업을 정리했다. 프린스호텔 제주 집필실 역시 운영되지 않고 있다(명동 본사의 '소설가의 방'은 운영 중이다). 그리고 카이스트의 예술가 지원 프로젝트 '엔드리스 로드' 역시 몇 해 전 사업이 종료되었다.

이제 작가들이 입주할 수 있는 문학 집필 공간은 많지 않다. 원주 '박경리 토지문학관', 담양 '글을 낳는 집', 이천 '부악문원', 횡성 '예버덩 문학의 집', 프린스호텔 '소설가의 방', 연희문학창작촌, 해남 '백련재 문학의 집' 등이 남아 있는 걸로 알고 있다.

대한민국에 문학관은 많다. 지자체마다 그 지역 작가들의 생가 혹은 작품의 무대가 되는 공간에 문학관을 짓고 동상을 세워 관광 콘텐츠로 활용한다. 반면 작가들에게 집필 공간을 제공하는 문학관은 점점 줄어들고 있다. 작가들에게 글쓰기를 지속할 수 있는 힘이 되어주는 입주 문학관은, 정말로 소중하다. 한국 문학의 살아 숨쉬는 현장이다. 그러나 이러한 집필 공간에 할애된 정부와 지자체 예산은 초라하기 그지없다.

나는 토지문학관에서 《불편한 편의점》의 이야기를 구상할 수 있었고, 그것을 기리기 위해 소설 속 작가 캐릭터가 토지문학관에서 생활하는 내용을 작품에 담았다. 토지문학관이 없었다면 《불편한 편의점》은 없었을지도 모른다는 이야기다. 소급해 나가보자. '글을 낳는 집'이 없었다면 《파우스터》가 없었을 것이고, 카이스트 작가 레지던스가 없었다면 《고스트라이터즈》가 없었을 것이다. 21세기 문학관과 프린스호텔 제주 집필실이 없었다면 《연적》이 없었을 것이고, 두 번째 소설 《연적》을 쓸 수 없었다면 나는 데뷔작만 내고 사라진 소설가가 되었을지도 모른다.

정부와 지자체의 문학 예산이 더 늘어나기를, 입주 문학관 예산이 더 늘어나기를, 문학관이 사업을 접지 않고 작가들에게 쓸 곳을 제공해주기를, 여유 공간을 가진 뜻 있는 곳이 작가들을 믿고 공간의 일부를 글 쓰는 자리로 만들어 주기를, 간절히 희망해본다.

그렇게만 된다면 작가들은 자신들이 지닌 상상력과 시간(거의 모든 것)을 가지고 그곳을 찾아 쓰기에 헌신할 것이다.

6

마감하고 다시 쓰고 팔아라

마감력에 대하여

"일요일에도 사무실에 나왔다. 마감이다. 아, 나는 마감을 사랑한다. 마감이 있어 나는 글을 쓰고 마감이 있어 나는 존재한다. 나는 마감 없는 삶을 도저히 상상할 수도 없다. 만약 마감이 없다면 글은 왜 쓸 것이고, 쓴다고 해도 보낼 마감처도 없을 것이고, 그렇다면 누가 내 이야기를 읽을 것이며, 누가 내게 고료를 줄 것이냐. 이처럼 실용적이고 단호한 친구인 나의 마감은 내 매니저이자 멘토이자 영감의 원천이자 삶의 동반자가 아닐 수 없다. 마감 중독자인 나는 이렇게 오늘도 마감을 칭송하며 마감에게 또 들이댄다. 이런 아름다운 마감 노동자의 삶도 언젠가는 마감을 맞이하겠지? 끝까지 마감은 그렇게 나와 함께하겠지. 그렇지만 마감이 끝나면 무엇이 나를 기다릴까? 그것은 또 다른 마감이겠지. 마감은 삶처럼 계속되고 죽어도 그 끝을 알 수 없듯이 다시 다가오는 좀비에 다름 아니다. 그 좀비와 맞서 싸우고 또 어깨동무하는 나도 좀비에 다름 아니다. 나는, 마감 좀비다."

언젠가의 마감 시즌, 일기에 쓴 글이다. 대략 매해 매 계절 마감의 고비를 넘어 왔다. 작은 마감도 있고 큰 마감도 있고 견뎌야 할 마감도 있고 끝나지 않는 마감도 있었다. 이처럼 작가라면 누구나 작품을 마감해 어딘가에 송고해야 하는 날이 온다. 공장에는 납기일이 있듯이 작가에게는 마감일이 있는 것이다.

습작 시절과 전업작가 초반엔 마감이 참 두려웠다. 지금의 나는 마감이 기다려진다. 마감이란 건 결국 이번 작업의 끝을 보는 것이고, 끝을 보면 잠시라도 쉬는 시간이 생긴다. 그러고 나서 다시 마감이 시작되기에 이제는 마감이 과정이라는 걸 받아들인 것이다.

마감은 작품을 온전히 끝내는 개념이 아니다. 이번 작업을 끝낸다는 것으로 해석해야 한다. 그리고 그런 마음가짐이면 마감은 넘어야 할 산이 아니고 산의 한 부분을 통과하는 터널이 된다. 터널을 지나 볕이 들면 다시 쓰고 그러다 보면 진짜 '마감 오브 더 마감'에 도달한다. 아쉽고 모자라도 작품을 보내줘야 할 때다.

시나리오로 치면 투자고가 제본에 들어가기 전이고, 소설로 치면 인쇄 전 최종 교정고를 확인한 다음이다. 활자화된 후에는 더 이상 고칠 수 없다. 많은 사람들에게 공개되고 공감도 얻고 비웃음도 당하고 그러다가 기회가 되면 고칠 찬스가 올 수도 있다. 물론 그 기회를 쉽게 얻을 수 없기에 마감 오브 더 마감의 날엔 절대반지를 지니고 모르도르를 오르는 프로도의 심정이 되는 것이다.

마감에 관해서는 이것만 명심하면 된다. 첫 번째, 마감은 자신과의 약속이고 두 번째, 마감은 글을 계약해준 사람과의 약속이며 세 번째, 마감은 독자와의 약속이라는 것을.

여기서 중요한 것은 '약속'이다. 글쓰기에서 마감은, 언제까지 원고를 마치고 보여주겠다는 것이다. 납기일을 지키지 못하면 공장은 문을 닫아야 한다. 글이 완성되지 않았다고 마감을 못 지키겠다는 말은 어불성설이다. 글은 마감에 맞춰 완성되는 것이다. 미완성의 완성이다. 다시 한 번 말하지만 완벽한 글을 보여주겠다는 것은 착각이다. 그런 자에게 하나님은 이렇게 말할 것이다. "어이, 지구도 초기 마감에 일주일 걸렸어. 그리고 지금까지 고치는 중이야."

해탈의 자세로 마감에 대해 이야기해 미안한 마음이 있다. 나 역시 처음엔 마감이 괴롭고 고달팠던 시절이 있었다. 그 시절 한 가지 묘책을 발견했다. 달력에 엑스 표를 치고 '마감!!!'이라고 아무리 적어도 늘 실패하던 그 어느 날, 나는 원고의 한글파일 제목에 아예 마감일을 기입해버렸다.

망원동 브라더스_김호연_121231

그러자 신기하게도 그 날짜에 맞춰 글쓰기를 마감하게 되었다. 그러니까 '이건 그냥 파일일 뿐이야. 그 날짜까지 쓴 원고의 한글파일.' 이런 마인드를 가지게 된 것이다. 이처럼 덜 심각하게 여기고(그렇다고 대충 쓴다는 거 아니죠), 마감을 대하자 한결 편해졌다. 마감은 라스트 스퍼트를 함께해줄 페이스메이커가 되어 주었다.

그럼에도 두려움은 끝나지 않았다. 이 마감 원고를 보내면 어떤 평가를 받을까? 싸늘한 제작자의 표정을 떠올리면 도저히 그대로 원고를 보낼 용기가 나지 않았다. 그래서 때론 마감을 연장하고 괜스레 마감일을 넘겨 보내기도 했다. 마감도 미루며 애써 더 고쳤다는 것을 어필이라도 하듯. 하지만 제작자와 편집자는 마감을 맞춘 원고에 가산점을, 늦은 원고에 패널티를 부여할 수밖에 없다. 작가가 제때 원고를 마감해줘야 그들도 일을 계획하고 진행할 수 있기 때문이다.

예전에 마감을 자주 어기는 작가 때문에 스트레스를 받아 일을 그만두고 싶다는 프로듀서를 만난 적도 있다. 마감은 나 자신과의 약속이기도 하지만 같이 일하는 사람과의 약속이기도 하고, 그의 일을 존중하는 것이기도 하다. 작가는 혼자 일하는 사람이 아니다. 작품은 혼자 보는 게 아니다. 때맞춰 보여주고 부족한 점은 의견을 듣고 다시 고치고 다음 마감을 설정하는, 이 사이클의 반복이 프로의 글쓰기다. 아직 의견을 들려줄 사람이 없다고? 프로듀서나 편집자가 없다면 원고를 읽어줄 사람을 주변에서 찾아야 한다. 작가들은 이를 '모니터 요원'이라 부른다. 다음 장에서는 자신만의 모니터 요원을 만들고 활용하는 법에 대해 이야기하겠다.

마지막으로 마감이 버거운 당신을 위한 '김호연의 마감력'을 정리해보겠다.

• 마감은 원고를 마치는 힘이다.

- 마감을 목표로 당신은 원고를 정리하고 다음 단계로 갈 수 있다.
- 그러므로 마감은 그 자체로 힘이자 목표이자 결과다.
- 또한 마감을 할 때 당신의 유일한 동료는 마감이라는 친구다.
- 마감을 두려워 말고 동반자라 생각하고 길을 가면 덜 힘들다.
- 마감을 하고 나면 잠시라도 쉴 수 있기에 기운을 낼 수 있다.
- 이처럼 마감은 작가의 험난한 여정에서 만나는 오아시스다.
- 마감 후엔 오아시스에서 갈증 달래듯 마셔라. 맥주든 콜라든 커피든 축배하라.
- 마감은 당신을 재충전시켜줄 것이고 다시 쓸 힘을 줄 것이다.
- 한편으로 마감은 약속이다. 당신과 함께하는 동료와 당신을 이어주는 끈이다.
- 한번 끈이 끊어지면 신뢰도 허물어진다. 마감력은 이것을 유지하는 힘이기도 하다.
- 명심하라. 마감이 없으면 작품도 없다. 필력은 곧 마감력이다.

이제 이번 장도 '마감'이다. 마감했으니 맥주 한 잔(두 잔 혹은 세 잔)의 시간이다.

요원 중에 요원은 모니터 요원

당신이 쓰는 모든 글은 읽을 사람 즉 독자를 전제로 한다. 일기는 어떨까? 그 역시 자신이 독자가 된다. 우리는 페이스북, 인스타그램, 블로그, 트위터, 인터넷 게시판에 글을 남긴다. 내 계정이기에 일기 쓰듯 남기지만 (비공개로 남기지 않는 한) 그것은 누군가에게 읽힐 거라는 것을 전제하고, 더 이상 개인적 발화에 머무르지 않는다.

하물며 당신이 쓰는 작품이라면? 그것은 결국 발표되기 위함이 아닌가? 당신의 작품은 누군가에게 읽히고 평가 받는다. 그런 당신의 작품을 가장 먼저 접하는 독자, 그들을 '모니터 요원'이라 부르기로 하자.

모니터 요원은 엄선해야 한다. 영화 〈맨인블랙〉에서 MIB가 윌 스미스를 발굴하듯 공을 들여야 한다. 당신의 작품은 세상에 처음 등장한 '외계 생명체'다. 모니터 요원은 편견 없이 그것을 살펴야 하고, 비밀을 지킬 수 있어야 하며, 이에 대한 보고서를 쓸 수 있어야 한다. 그리고 이 모든 걸 사려 깊고 사심 없게 행할 수 있는 사람이어야 한다. 그는 당신의 작품을 자신의 것처럼 소중히 여기면서, 동시에 당신과는 다른 각도에서 작품을 살펴봐 줘야 하는 사람이다. 이는 결코 쉽지 않은 일이다.

어떤 습작생은 작품을 절대 공개하지 않는다. 보여주지도 않는다. 계속 고치고 고치며 발표하지 않는다. 공모전에 응모하지도 않는다. 이렇게 작가 지망생으로 작품을 쓴다고만 하고 도통 보여주거나 공개하지 않고 수년이 흐른다. 이 경우 그가 작품을 쓰고 있다고 말할 수 있을까?

다시 한 번 강조하지만 글쓰기의 결과는 드러나야 하고, 논의되어야 하며, 발표되어야 한다. 모니터 요원은 그 과정에서 최초의 독자가 되어 당신의 습작을 살펴봐 주는 사람이다.

내 경우에는 시놉시스가 완성되는 대로 모니터 요원을 가동한다. 그들의 모니터를 통해 작품을 계속 쓸지 말지 결정한다. 작품 진행 여부를 이들의 반응으로 결정하는 것이니 어찌 중요하지 않겠는가. 아무에게도 검증받지 않은 채 많은 분량의 원고를 쓰는 것만큼 위험한 게 없다. 소설 쓰기는 당신의 소중한 시간과 돈이 드는 작업이다. 그 시간을 응원해주고, 그 기회비용을 아껴주는 게 모니터 요원이 하는 일이다.

그럼 바람직한 모니터 요원의 조건을 한번 살펴보자.

• 당신의 글쓰기를 응원하는 지인이어야 한다. 쓰는 것도 힘들지만 읽는 것도 힘든 일이다. 당신의 글쓰기에 시큰둥한 사람은

결코 성의 있는 모니터를 할 수 없다.

- 평균적인 상식과 소양을 갖춘 사람이어야 한다. 이 분야의 프로이건 아마추어건, 기본적인 독해력과 판단력 그리고 감상을 정리할 수 있는 능력이 필요하다.

- 전문가와 비전문가가 1:1 비율이면 좋다. 전문가만이 해줄 수 있는 모니터가 필요하다. 한편으로 비전문가 즉 일반 독자 관점의 모니터도 중요하다.

- 모니터 내용을 당신에게 잘 전달해줄 수 있어야 한다. 대화를 통해 전달하든, 보고서 같은 리뷰를 쓰든, 잘 정리된 의견을 솔직하게 나눌 수 있는 능력이 필요하다. 또한 부정적인 의견을 배려 있게 말해줄 수 있어야 한다. 초기 습작은 인큐베이팅되고 있는 '싹'이다. 싹이 자랄 가능성을 살피지 않고 밟기만 하는 의견은 모니터가 아니라 폭력이다.

- 아이템을 지켜줄 수 있는, 비밀유지가 가능한 사람이어야 한다. 당신의 작품이 가진 특별한 소재 혹은 아이템을 어디에도 말하지 않아야 한다. 믿을 만한 사람이어야 한다는 말이다.

- 모니터와 피드백을 제공한다는 이유로 숟가락을 얹는 사람이 아니어야 한다. 노파심에서 하는 말이 아니다. 모니터를 도왔다는 이유로 작품의 기획자라고 우기거나, 지분을 달라고 하거나,

심지어 작품의 공동소유를 주장하는 경우도 있다(세상은 생각보다 훨씬 치사하고 살벌하다). 다시 강조하지만 사심 없이 여러분의 작품을 살펴봐 줄 사람이 필요하다.

- 자신의 의견이 반영되지 않아도 서운해하지 않을 사람이어야 한다. 모니터는 모니터일 뿐이다. 그것을 작품에 반영하는 것은 작가의 몫이다. 자신의 의견이 반영되지 않았다고 서운해한다면 이후 관계에도 문제가 생길 수 있다. 의견은 의견대로 주되 당신의 결정을 지지해줄 수 있어야 한다.

이렇게 정리하니 모니터 요원이란 건 결국 '가족', '베프', '애인' 밖에 안 될 것 같다. 아니, 그들조차 경우에 따라 적합하지 않을 수 있다. 앞에서 왜 〈맨인블랙〉의 예를 들었는지 이제 고개가 끄덕여질 것이다. 어디 요원 발견하고 키우기가 쉬운가? 그만큼 모니터 요원은 잘 발굴해야 하고, 발굴한 뒤에도 공을 들여야 한다. 다행인 점은 모니터 요원이 두 자리일 필요는 없다는 점이다. 너무 많은 의견 역시 작품의 중심을 잡는 데 도움이 되지 않기에, 모니터 요원은 2~4명이면 충분하다.

프로 작가는 대부분 자신만의 모니터 요원 혹은 편집자 혹은 프로듀서가 있다. 그들의 모니터를 통해 어느 정도 검증된 작품을 공개해야 콘텐츠로 판매가 된다. 물론 개인적인 글쓰기를 지향하는 분은 모니터 요원을 만들지 않아도 된다. 하지만 작가 지망생이나 프로페셔널한 글쓰기를 지향한다면, 반드시 찾아야 한다. 그리고 그들에게 감사를 표하고 보상을 제공해야 한다. 소중한 첫 독자이자 생각을 나눠주는 사람이기 때문이다.

나의 습작기엔 친구와 동료가 모니터 요원이 되어 주었다. 계약을 하고 일을 하게 되자 감독, 프로듀서, 편집장 등이 작품 모니터라는 자신의 일을 수행해주었다. 주목할 점은 평소 지인을 통해 받은 모니터가 이후 직업적인 모니터 수용에 도움이 되었다는 것이다. 대부분의 모니터는 긍정보단 부정 평가가 많기에, 그것을 어떻게 받아들이고 작품을 업그레이드하는지를 미리 훈련할 수 있었던 것이다.

결국 모니터 요원과 그들의 모니터도 중요하지만, 그것을 의젓하게 수용하고 창의적으로 작품에 반영하는 게 중요하다. 모니터를 반영해 작품의 새 방향을 잡아 쓰는 힘은 스스로 기르는 것이다. 하지만 모니터가 없다면 이 훈련 자체가 불가능하다. 그러므로 당신은 당신의 모니터 요원을 잘 대해주고 적절한 보상을 해주어야 한다. 나는 책이 출간되면 모니터 요원의 이름을 반드시 작가의 말에 언급하고 감사를 표한다. 그들은 그럴 자격이 있기 때문이다.

다음 작업실에서는 출력본의 중요성에 대해 살펴보겠다. 그동안 중요한 원고를 완성한 뒤 득달같이 이메일에 첨부해 송고했다면, 출력본을 읽는다는 것에 대해 고민해보기 바란다. 구닥다리처럼 느껴질 수 있지만 결국 작품은 활자화되어 읽히기에, 출력본으로 작품을 읽는 것은 매우 중요한 일이다. 이제 그 일에 대해 이야기해보겠다.

출력본의 위력

　나는 원고를 마감하면 반드시 출력해 읽어본다. 먼저 출력본을 읽고, 시간을 두고 고민한 뒤, 퇴고를 거쳐 송고한다. 물론 웹소설을 쓰거나 전자책으로 바로 출간을 하거나 온라인 글쓰기만 지향한다면, 이번 장은 패스해도 된다. 하지만 당신이 손에 잡히는 책의 원고를 쓴다면 반드시 출력본을 읽으며 작업하길 바란다. 지금부터 그 이유를 들어보겠다.

　첫째. 미완성 원고 출력본은 완성형 원고로 가는 징검다리다. 이것은 미신이다. 그런데 미신과 자기 주문이 글쓰기를 도와준다면, 믿어도 좋지 않을까? 나는 출력본을 바라볼 때면 완성된 책의 미래가 겹쳐 보인다. 기운이 난다.

　거기에 더해 나는 작업 과정에서 나온 '유의미한 출력본'은 세절하지 않고 쌓아둔다. 내 책상 옆에는 전업작가가 된 2007년부터 모아놓은 '유의미한 출력본'이 가슴 높이까지 쌓여 있다. 일부러 그런 것은 아니고 그저 집에 세절기가 없기에 모아두었다 한 번에 처리하려 한 것이 시작이었다. 그런데 이 쌓아놓은 원고를 막상 처리할 때가 되자 아까운 것이 아닌가? 그렇게 버리려던 원고를 계속 쌓아둔 것이 지금에 이르게 된 것이다. 한때 나는 이 '글탑'이 내 키를 넘어설 때까지 쓰자고 다짐했다. 당신도 작업실 한 쪽에 습작 원고의 출력본을 쌓아보시라. 당신의 집필 활동에 대한 눈에 보이는 결과가 자신감을 더해줄 것이다.

둘째. 출력본으로 읽으면 원고가 달라 보인다. 아까는 미신이더니 이번엔 뻥인가? 어떻게 같은 단어 같은 문장이 다르게 보이냐고? 직접 해보면 안다. 확실히 다르다. 모니터로는 보이지 않던 오타도 보이고 오문도 보일 것이다. 무엇보다 글의 맥락마저 달라 보이는 순간엔, 출력해 읽지 않았다면 어떡할 뻔 했나 모골이 송연해지기도 한다.

내가 경험한 바에 따르면, 작가로 쓸 때와 편집자로 검토할 때의 자세가 다르기 때문에 이런 현상이 벌어지는 것으로 여겨진다. 모니터를 바라보고 쓴 글을 모니터상에서 편집하면 아무래도 '모드 전환'이 어렵다. 그런데 출력본으로 글을 읽으면 모니터에서보다 수월하게 '편집자의 자세'로 글을 살필 수 있다. '작가로서는 모니터로 보고 편집자로서는 출력본으로 본다.' 이 작은 차이가 작품을 새롭게 살필 수 있게 하는 것이다.

종이 몇 장과 토너 얼마가 쓰이는 게 아까운 게 아니다. 가능하면 프린터를 작업실에 구비해 놓아라. 아니면 프린트하기 좋은 장소를 찜해두어라. 프린트할 때의 기분과 그것을 검토하는 시간과 이후 다시 모니터에 반영하는 과정을 즐길 수 있기 바란다.

셋째. 출력본을 읽는다는 것은 스스로 모니터 요원이 되는 길이다. 결국 이건 거리두기 행위다. 작가는 작품을 쓰고 나면 빠져나오는 데 시간이 걸린다. 배우가 캐릭터를 연기하고 빠져나오는 데 시간이 걸리는 것과 같은 이치다. 그래서 원고를 완성하고 바로 모니터하거나 모니터상으로 보는 것보다 거리를 둘 수 있는 시간과 장치를 마련하는 게 필요하다.

나는 원고를 완성하면 일단 출력한 뒤 책상서랍 안에 모셔 둔다. 한 장에서 세 장 분량의 칼럼이나 기획서는 하루 쉰 뒤 꺼내 읽는다. 열 장에서 스무 장 정도의 시놉시스나 구성안은 일주일 정도 시간을 둔 뒤 읽는다. 장편소설 원고를 완성하면 최소 한 달은 공백을 가진다. 이후 묵혀두었던 출력본을 읽는다.

무라카미 하루키는 《직업으로서의 소설가》에서 이러한 과정을 '양생'이라고 정의했다. 완성한 초고에 대한 양생 기간을 한 달 정도 두는 것이다. 읽기를 미뤄둔 출력본은 바로 그 양생의 결과다. 손에 쥐고 읽을 수 있는, 거리감이 있는 자신의 원고가 출력본인 것이다.

넷째. 출력본 읽기는 글쓰기 여정의 쉼터와 같다. 고생해 작업한 원고를 가지고 카페에 갈 때가 내겐 가장 즐거운 시간이다. 커피를 시켜놓고 출력본을 읽으며 글을 쓴 시간을 돌아본다. 찬찬히 원고를 살핀다. 오타는 없는지, 비문은 없는지, 구두점은 제대로 찍혔는지, 문장 구조는 잘 짜였는지, 문맥은 타당한지…… 무엇보다 이야기가 궁금한지? 독자의 심정으로 카페인을 흡입하며 읽는다. 그러면 서서히 답이 나온다. 어떻게 고쳐야 할지도

슬며시 보인다. 남은 시간은 커피를 마저 마시고 거리를 걸으며 수정 사항을 머릿속에서 정리하면 된다.

원고의 중간 결과물을 출력본으로 검토하는 순간을 즐기기 바란다. 그 순간이 쉼이고 재충전이고 분석이고 업그레이드이다. 원고와 작가 모두에게.

이상 출력본의 위력에 대해 과장 좀 섞어 강조했다. 설마, 하지 말고 원고를 마치면 반드시 출력해 시간을 두고 읽어보길. 그리고 출력본에 날짜를 기입한 뒤 쌓아두어라. 그것이 당신만의 글탑으로 우뚝 설 날이 올 것이다.

마감력으로 마감한 원고를 모니터 요원에게 돌려 모니터도 받았고, 시간을 둔 뒤 출력본을 읽고 자체적인 분석도 마쳤으면, 이제 해야 할 일은 단 하나. '다시 쓰기'다. 모두가 알고 있지만 수행하기 힘든 이것. 쓰기는, 다시 쓰기다. R.E.W.R.I.T.E.

다음 장에서는 리라잇의 중요성에 대해 이야기해보겠다.

다시, 쓴다는 것

글쓰기는 다시 쓰기다. 한 번 쓰기도 힘든데 그걸 다시 쓰라니 이런 고역이 어디 있는가? 습작기엔 나 역시 글을 고치는 게 번거롭고 지치는 일이었다. 지금은 다시 쓰기가 필요하다는 걸 잘 알고 있고 어느 정도 그 과정을 즐긴다. 심지어 초고를 다시 쓰지 못하게 한다면 마치 감옥에 갇힌 듯 답답해할 것이다. 초고는 이것저것 벌려두기만 한 쓰레기장 같은 방이어서 누구도 초대할 수 없다. 그러므로 감옥에서 나와 어서 정리하지 않으면 안달이 나는 것이다.

다시 쓰기는 '퇴고' 수준의 문장 정리를 하는 작은 공사일 수도 있고, 플롯의 큰 방향을 돌려야 하거나 캐릭터를 재구축하거나 관계를 조정해야 하는 대공사일 수도 있다. 초고의 문제가 어딘지 냉철하게 바라봐야 하고, 마음을 다잡은 뒤에는 차근차근 고쳐나가야 한다.

타 작품의 다시 쓰기 과정을 알기란 쉽지 않기에, 어쩔 수 없이 나의 작품을 예로 들어보겠다.

세 번째 소설 《고스트라이터즈》는 말 그대로 '대공사'를 벌인 작품이다. 이 작품의 초고는 〈유령작가〉라는 제목으로 우리나라의 모든 장편소설 공모전을 휩쓸며…… 떨어진 그야말로 '재생 불가'일지 모를 원고였다. 이후 이 원고를 두 명의 모니터 요원이 정성껏 살펴봐 준 뒤 고칠 수 있다고 용기를 주었다. 힘을 낸 나는 우선 작품의 설정 자체를 '한 루저 작가의 연애소설 쓰기 대작전'에서 '어떤 미스터리한 작가들 간의 기묘한 글쓰기 싸움'으로 바꿨다.

주요 캐릭터 하나를 빼고 새로운 주요 캐릭터를 추가했다. 톤 앤 매너 역시 글쓰기와 연애에 지지부진한 작가의 삶을 다룬 사소설 느낌을 지우고, 사건을 계속 터트려 이야기에 스릴과 미스터리를 추구하는 방향으로 풀어나갔다. 낭만적 연애 서사에서 긴장감 넘치는 준 스릴러 작품으로 장르가 바뀐 셈이었다. 그렇게 총체적인 다시 쓰기를 거친 뒤에야 작품을 카카오페이지에 연재할 수 있었고, 책으로도 출간할 수 있게 되었다.

네 번째 소설 《파우스터》의 수정 과정 역시 만만치 않았다. 이 작품의 초고는 A4용지로 220페이지 정도였는데, 충분히 방대한 분량이었다. 그런데 전체 1~4장 중 클라이맥스와 결말로 채워진 4장의 밀도가 아쉽다는 출판사 측 모니터 반응을 얻었다. 곰곰이 분석해보니 클라이맥스와 결말의 사건 구도는 나쁘지 않았다. 다만 비중 있는 조연 캐릭터 몇이 흐지부지 막에서 퇴장하거나, 관계가 잘 정리되지 않은 부분이 있었다. 특히 중요한 조연인 백남선 캐릭터가 에필로그에 잠시 등장하며 마무리되고 있었는데, 출판사 측에서는 그가 좀 더 활약해주길 원했다. 가만히 따져보니 작가가 원고 작업 막바지에 지친 나머지 백남선 캐릭터를 끝까지 몰아붙이지 못한 듯했다.

그러나 초고 이후 이제 휴식을 취했고 모니터도 받고 분석도 끝내 다시 쓸 준비가 됐다. 고칠 수 있는 힘과 지혜를 얻었으니 백남선이 끝까지 자기 역할을 완수하게 다시 써주면 되는 것이었다. 그렇게 그녀를 끝까지 몰아붙이자 4장의 이야기에 긴장감이 더해졌다. 캐릭터 간 마무리도 명확해졌다. 클라이맥스도 더욱 화끈해질 수 있었다. 다만 분량이 A4 20페이지가량 늘어났는데, 놀랍게도 출판사에서는 늘어난 분량을 지지해주었다(대개 다시 쓰기를 하면 분량이 줄어들고, 출판사도 줄이기를 요구하는 편이다).

하나 더 예를 들어보기로 하겠다. 다섯 번째 소설《불편한 편의점》은 원래 7개 챕터로 이루어져 있었다. 총 7명의 사연이 이어지는 옴니버스 구성은 염 여사 – 시현 – 선숙 – 경만 – 민식 – 곽 씨 – 독고로 이어지며 마무리되었다. 출판사도 모니터 요원도 이 옴니버스 형태의 초고를 괜찮게 봐주었다. 그런데 유독 모니터 요원 중 한 친구가 여전히 허전하다는 의견을 내주었다. 독고에게 좀 더 몰입할 설정 혹은 에피소드가 있었으면 좋겠다는 것이 아닌가.

이런 의견을 들으면 어쩔 수 없이 '무얼 더 내놓으라고? 네가 한번 아이디어를 내보시든가.'라는 푸념이 절로 나온다. 하지만 그건 내 마음속 게으름뱅이가 지껄이는 헛소리다. 대신 성실한 작가는 이렇게 말한다. "좋아. 고마워. 다시 써볼게."

나는 궁리 끝에 인경이라는 극작가 캐릭터를 만들어 장 하나를 추가했다. 《불편한 편의점》을 읽은 독자들은 인경 캐릭터가 없었다면 이 책이 얼마나 허전했을지 충분히 짐작할 수 있을 것이다.

돌이켜보면 지금도 정신이 혼미하다. 만약 《고스트라이터즈》가 고스트라이팅은 양념일 뿐이고 한 구제불능 작가의 소소한 연애담이었다면? 《파우스터》에서 백남선이 4장에 등장하지 않고 에필로그에서 묘한 미소만 던지고 사라졌다면? 《불편한 편의점》에서 이 편의점을 '불편한 편의점'이라고 명명해주는 인경 캐릭터가 없었다면? 이야기가 책으로 만들어질 수 있었을까? 독자들이 만족스럽게 읽을 수 있었을까?

'여기에 더 고쳤다면, 다시 또 썼다면 어땠을까?'라는 생각도 해본다. 하지만 끝낼 줄도 알아야 한다. 다시 쓰기를 게을리 하면 책이 나오지 않고, 다시 쓰기에 너무 집착해도 책이 나오지 않는다. 인생도 글쓰기도 결국 밸런스의 문제가 아닌가. 다시 쓰기에도 균형감은 필요하다.

무엇보다 다시 쓰기를 통해 이야기도 작가도 성장한다. 그러므로 두려워말고 다시 쓰기로 더 좋아질 이야기를 위해 뚜벅 뚜벅 '손가락 걸음'을 걸어가야 한다. 그것이 소설을 쓰는 일이고 필력을 연마하는 길이라고 나는 믿는다.

이번 장도 다시 쓰기를 통해 완성되었다. 크게 한 번 작게 세 번 다시 썼다. 다음 작업실에서는 완성된 작품을 론칭하는 일에 대해 이야기해보려 한다. 작가 에이전시가 없다시피 한 우리나라에서 자신의 작품을 어떻게 소개하고 팔아야 하는지에 대해 이야기해 보겠다.

> **론칭**

당신의 작품을 세상에
어떻게 선보일 것인가?

결국 딜레마는 자신의 작품을 어떻게 공개할 것인가로 이어진다. 소설 쓰기의 기쁨과 슬픔, 창작의 지난함과 숭고함과는 별도로, 계속 언급했듯 작품은 공개되어야 한다. 발화되어야 한다. OTT가 주름을 잡고 유튜브가 대세인 시대에 글자로 가득한 원고를 팔아야 하는 일은, 막막하다. 프로 작가에게도 기회가 자주 오지 않는 게 현실이다.

하지만 SNS 시대이기도 하다. 자신의 글을 올릴 수많은 채널이 이제 열려 있다. 블로그에는 여전히 많은 정보와 글이 올라와 있다. 페이스북과 인스타그램, 유튜브로 이름을 알린 인플루언서가 책을 낸다. 인터넷 커뮤니티 게시판에 소설을 연재해 베스트셀러 작가가 되기도 한다. 그리고 여전히 출판사는 원고를 받아 책을 엮은 뒤 서점과 도서관에 내어 놓는다.

영화 시나리오나 드라마 대본을 쓴다면 더 큰 시장이 아마존 정글처럼 펼쳐져 있다. 다만 벌레 퇴치제와 정글도를 지닌 채 글을 써야 하는 살벌한 시장이다. 대신 정글 속 황금 사원을 발견하듯 보상도 크다. 결론은, 당신이 작품을 쓴다면 그것을 공개할 매체는 어디에나 있다는 것이다. 중요한 것은 어떤 매체를 선택할 것이고, 어떤 방식으로 자신의 원고를 어필할 것인가이다.

엄밀히 말해서 이것은 원고를 쓰고나서 고민할 문제가 아니라 원고를 쓰기 전 기획단계에서 고민할 문제다. 어떤 플랫폼을 선택할 것인가가 어떤 글을 쓸지를 결정하니까. 일상 에세이를 쓰고 싶다면 블로그가 나을 것이고, 삶의 단상을 기록으로 남기려면 페이스북이나 트위터, 인스타그램이 좋을 것이다. 장편 원고를 준비한다면 소설이나 에세이는 출판사, 시나리오나 드라마는 제작사를 염두에 두고 써야 한다. 그러기에 출판사 혹은 제작사가 제공하는 공모전이나 원고 수급 시스템을 이해하고 이에 맞춰 준비해야 한다. 최악은 막무가내 투고다. 출판사나 제작사 홈페이지나 이메일로 원고를 던지는 것. 이제 이런 방식은 잘 통하지 않는다. 먼저 원고를 보낼 곳을 살피고 어필을 한 후 원고를 보내야 한다. 당신의 원고는 소중하기 때문이다.

앞선 장에서 한국에는 작가 에이전시가 거의 없다고 했지만, 유명 작가들의 매니지먼트를 진행해주는 소속사 개념의 에이전시가 있긴 하다. 하지만 대부분의 작가들은 에이전시에 소속되기 힘들다(예외적으로 웹소설·웹툰 분야는 에이전시와 기획사가 많고 그 역할이 크다). 결국 작가가 자신의 작품을 어떻게 론칭할지에 대해 스스로 결정해야 한다. 내 소중한 원고를 살펴봐줄 편집자 혹은 프로듀서를 만나야 한다. 그것이 인맥이든, 투고든, 공모전 당선 후 인연이든, 찾아내야 한다.

다행인 것은 그들 역시 원고를 찾는다는 것이다.

좋은 원고,
돈이 되는 원고,
당장 기능을 할 수 있는 원고,
당장 기능을 하진 않지만 가능성이 보이는 원고,
당장 판단하기 어려운데 그래도 작가를 만나보고 싶게 만드는 원고,
그들도 찾는다.
그러므로 당신의 원고가 어느 수준에 올라오면 기회는 온다.
하지만 그 기회는 먼저 작가의 '어필하고자 하는 노력'이 전제가 되어야 한다.

정리하자면, 자신의 원고를 어떤 플랫폼에 보낼 것인가 먼저 기획하라. 이후 원고 작업을 하며 어필할 관계자를 찾아야 하고, 원고가 완성되면 관계자 혹은 플랫폼에 원고를 보내야 한다. 어떻게든 내 이야기를 좋아해주는 관계자를 만나기 위해 애써야 한다. 이 기다림의 시간이 만만치가 않다. 생각보다 사람들은 타인의 이야기에 큰 관심이 없다. 그래서 관종이 되기도 하고 기를 쓰고 방송에 나가기도 하며 여러 이슈를 만들어 자신을 팔기도 한다. 자신을 팔아 원고를 파는 것이다. 하지만 당신의 원고가 별로라면 그 장사도 오래 하기는 힘들 것이다.

1989년, 해표 식용유 광고가 히트를 친다. 히트 친 광고마다 좋은 카피가 있듯, 이 광고의 카피는 지금까지 내 마음에 남아

있다.

"장사 하루 이틀 할 것도 아닌데."

이 카피는 사실상 내 좌우명이다. 길게 봐야 한다. 작품을 쓰는 것도 힘들지만 잘 소개해 파는 것도 지치는 일이다. 그러므로 원고를 보내고 어필을 해도 안 팔리면, 다음 작품을 쓰며 기다려야 한다. 일종의 보험이다. 안 팔리면 다음 원고를 팔면 된다. 공모전도 마찬가지다. 계속 쓰고 계속 투고해야 한다. 장사 하루 이틀 할 거 아니니까.

결코 쉽지 않은, 작품을 파는 것에 대한 이야기였다. 다음 장에서는 당선과 출간, 개봉 등 작품이 공개되는 것에 대해 이야기하려 한다. 당선과 출간, 개봉에 대처하는 적절한 자세와 그 이후의 글쓰기에 대해서 말이다.

당선 혹은 출간에 임하는 바람직한 자세

"축하합니다. 당신의 작품이 드디어 공모전에 당선되었습니다. 데뷔도 하게 되었고 상금도 수령합니다. 그리고 조만간 제작사가 붙어 영화로도 진행한다고 합니다. 극장에서 당신의 이야기를 영화로 볼 날도 멀지 않았네요. 주인공은 조인성과 김고은? 김우빈과 박소담?"

"축하드립니다. 그리고 감사드립니다. 작가님의 소중한 원고를 출간할 기회를 주신 것, 책으로 잘 엮어보겠습니다. 선인세는 많지 않지만 바로 입금해드릴 것이고 책이 나오면 홍보작업도 다방면으로 진행할 계획입니다. 요즘 출판계 사정상 출간 기념회 같은 것은 따로 진행하지 않습니다. 대신 조촐히 대표님과 편집장인 저와 식사하는 자리를 마련하고자 합니다. 가능한 시간을 알려주시면……."

'책이 출간되자 엄청난 홍보 물량공세를 펴는 베스트셀러와 대형 출판사의 책들 사이에서 당신의 책이 용케 나쁘지 않은 판매고를 기록하더니, 입소문이 나 인기를 얻어 어느덧 베스트셀러가 되고야 만다. 이어서 책을 좋게 본 사람들에 의해 작가와의 만남, 북 콘서트, 사인회 등 섭외가 끊이지 않고 라디오와 팟캐스트, 유튜브 출연이 이어진다. 급기야 방송에서 책이 언급되고…… 조만간 TV프로에 직접 출연하게 될지도 모르겠다.'

'당선된 시나리오는 운 좋게 제작사에서 베테랑 작가를 각색으로 붙여 업그레이드시켰고, 마침 작품 하나가 펑크 난 A배우가 좋게 읽고 출연을 수락한다. A배우는 돈을 끌어올 수 있는 말 그대로 A급 배우이기에 투자가 뒤따른다. 게다가 평소 A배우와 일하고 싶어 했던 B감독의 합류가 결정되고, B감독과 돈독한 C배우가 A배우의 연인 역으로 캐스팅되어 영화 라인업이 완성된다. 신인작가의 대본이 이런 큰 관심과 참여 속에 진행되는 게 그저 신기할 따름이다. 심지어 저예산 멜로 영화인 관계로 촬영도 빨리 진행되어, 공모전 당선 뒤 1년만에 초고속으로 영화가 개봉하기에 이른다. 개봉한 영화는 할리우드 블록버스터와 한국형 SF 대작 사이에서 간신히 버티더니 곧 입소문을 타고 점차 극장수가 확대되고…… 마침내 500만 관객이 넘는 흥행 기록을 세운다.'

이것은 꿈일까? 당선과 출간까지는 꿈이 아닐 수 있다. 하지만 첫 작품으로 '위와 같은 성과'를 내는 것은 꿈이나 다름없다. 당선과 출간이란, 이미 몇 가지 행운의 교집합이 어우러져 이루어진 결과다. 첫 소설은 출간되었지만 매대에서 고군분투하다가 서가 책장에 꽂히거나 반품될 가능성이 크며, 첫 당선 시나리오는 영화사 몇 군데를 전전하다 결국 영화로 완성되지 못할 가능성이 높고, 첫 에세이는 스타가 쓴 에세이나 스타 에세이스트의 책 사이에 끼어 있다가 밀려날 확률이 높다.

첫 작품으로 흥행을 휩쓸고 대박이 나는 걸 흔히 로또라고 부른다. 그런 성공은 신드롬일 가능성이 크다. 무엇보다 로또는 반복되지 않는다(연달아 당선된 사람도 있다고는 하지만). 그리고 글쓰기는 로또를 사는 행위가 아니고 로또가 필요한 사람들의 심정에 대해 쓰는 것이다.

그러므로 당신의 글쓰기가 어떤 결과를 내더라도 엄청 좋아할 것도 너무 실망할 것도 없다. 글쓰기의 결과를 목격할 수 있다면 그것 자체가 보람 있고 기쁜 일이기 때문이다.

오히려 당신이 신경 써야 할 부분은 여기에 있다. 당선이나 출간이 결정되는 순간부터 당신은 당신의 작품을 다루는 사람들을 만나게 된다. 편집자, 공모전 관계자, 프로듀서, 제작자, 출판사 대표, 영화사 대표 등. 명심할 것. 여러분의 작품은 아직 상품이 아니다. 원고이지 책이 아니고, 대본이지 영화가 아니다.

그것을 재가공하고 포장하고 팔아줄 동업자들이 필요하고 그들이 사실상 당신의 작품을 좌지우지한다. 글을 쓸 때는 작가가 원고의 모든 것을 책임지지만, 완성된 글을 상품이자 책으로 만드는 것은 그들이 전문가다. 어떤 경우 작가는 뒷전에 서게 될 수도 있다. 당신의 의견이 반영되지 않을 수도 있다.

이제 내가 무슨 말을 하고 싶은지 느낌이 올 것이다. 당신이 쓴 작품을 상품으로 만드는 사람들과 잘 지내야 한다. 의견 교환과 논쟁은 괜찮지만, 내가 작가고 창작자이기에 내 뜻대로 책이 진행되어야 한다고 우기면 안 된다. 작품 자체를 잘 아는 것이지 그것을 책으로 만들어 판매하는 것을 잘 아는 것은 아니다. 결국, 당신의 소설 원고를 소설책으로 만들어주는 사람들을 존중해야 한다. 계약서를 쓰는 순간 그들의 안목과 경험을 믿는다는 것이니 부디 잘 만들어주기를 바라고, 할 수 있는 한에서 도와야 한다.

당선 전화를 받는 순간은 도저히 잊히지 않는다. 내가 쓴 영화가 개봉해 극장 스크린에서 목격하는 순간 역시 짜릿하기 그지없다. 무엇보다 첫 책이 출간된 뒤 대형서점 신간 매대에 놓인 자신의 책을 목격할 때가 가장 행복하다. 결과가 눈에 보이고, 손에 잡히고, 심지어 친구들을 불러 사게 할 수도 있기 때문이다. 그때마다 나는 책이 매대에 오래 머물러 있기를 바란다. 신간 매대에서 버틸 수 있는 시간은 길어야 2주다. 이후에는 파도처럼 새 책들이 몰려와 밀려나게 된다. 여기서 책이 계속 잘 팔리면 베스트셀러나 스테디셀러 매대로 옮겨간다. 아니면 서가 책장에 꽂힌다. 사람들이 굳이 잘 살피지 않는 책장 구석에, 책등만이 보이는 상태로 놓이게 된다. 누가 여기까지 와 이 책을 살펴 읽고 뽑아갈까? 의문이 든다.

그러나 출판을 했다는 건 당신이 당신의 글을 제대로 썼다는 인정을 사회로부터 받는 걸 의미한다. 당신은 이제 결코 잃어 버릴 수 없는 사회적 지위를 얻게 된다. 일단 책을 출간한 작가 가 되면, 당신은 글을 써서 먹고살게 될 뿐만 아니라, 자기가 가장 좋아하는 일을 하며 먹고 사는 희귀한 신분에 소속되는 것이다. 그것을 깨닫는 순간 당신은 잔잔한 기쁨을 느낀다. 그러나 결국 당신은 다른 모든 작가와 마찬가지로 다시 자리에 앉아 빈 페이지를 마주해야 한다. **앤 라모트**◆

세 번째 책이 나오고는 그런 의문을 더 이상 가지지 않게 되었다. 그저 담담하게 책이 또 나왔고, 사람들이 찾을 수 있는 내 책이 있다는 것에 만족하며, 다음 작품을 쓰기 위해 작업실로 돌아갔다. 묵묵히 다음 이야기를 쓰기 시작했다. 글쓰기는 지속되어야 하고 일희일비만큼 글쓰기에 안 좋은 건 없기 때문이다. 그러므로 담담한 마음이 필요하다. 담담한 마음 아래 여러분의 작품이 아담하게 쌓이길 응원한다.

추신 : 최초 이 장을 쓰던 때는 《불편한 편의점》이 빅 히트를 치기 전이었다. 이후 믿을 수 없을 정도로 독자들의 사랑을 받고 2편까지 나온 지금, 나는 독자들에게 감사하는 마음으로 강의를 다니며 이 원고를 작업중이다. 작가의 삶은 달라질 것이 없다. 《김호연의 작업실》을 완성하고 나서는 새 소설을 쓸 것이다. 변

◆　앤 라모트 지음, 최재경 옮김(2018), 《쓰기의 감각》, 웅진지식하우스

함없이 계속 쓸 따름이다.

여섯 번째 작업실

이동 작업실

글쓰기에는 온오프 모드가 없다. 삶에 닿아 있고 생활과 엮여 있다. 작업실에 처박혀 있는 동안에 떠오르는 아이디어는 얼마 되지 않는다. 대부분의 아이디어는 잠에서 덜 깨 뒤척이다가, 설거지를 하며 멍 때리다가, 청소기를 돌리며 콧노래를 부르다가 떠오른다. 이를 적극적인 구상을 통해 발전시키고, 그렇게 머릿속에 정리된 글감을 가지고 작업실에 가 풀어내는 것이다. 한마디로 당신의 머릿속이 바로 작업실이다.

그러므로 지금 개발 중인 작품에 대해 24시간 궁리해야 한다. 《불편한 편의점》을 쓰던 즈음에 나는 수시로 아무 편의점이나 들어가 진열대를 배회하며 아이디어를 떠올렸다. 온갖 상품을 살피며 조합을 고민했고 알바들이 일하는 모습도 힐끗힐끗

염탐했다. 식당에 가면 점원의 접객 태도와 속내를 살폈다. 간혹 점원과 손님이 대화를 나누는 걸 목격하면, 노다지라도 건진 듯 그 분위기를 잊지 않으려 애썼다. 그리고 참이슬과 참깨라면과 어울리는 마지막 '참'조합을 고민하던 중 들른 김밥집의 메뉴판을 보고 무릎을 칠 수 있었다.

특강 중에 종종 책상 앞에만 앉으면 글이 잘 안 써지는데 글을 잘 쓰는 노하우를 알려달라는 질문을 많이 받는다. 내 대답은 이렇다.

"책상 앞에 앉을 때는 이미 그날 써야 할 글감을 모두 지닌 채 앉아야 합니다. 책상 앞에 앉아 이제 뭘 쓸까? 궁리하는 것은 허리와 엉덩이를 고문하는 방법일 뿐입니다. 글은 당신의 머릿속에서 이미 구상되고 정리되어 집필 가능 모드의 글감으로 완비되어 있어야 합니다. 그 다음에야 당신은 책상 앞에 앉을 수 있습니다. 노트북을 켤 수 있습니다. 자판을 두드리며 머릿속 작업실의 글감을 현실 작업실의 공간으로 불러와야 합니다. 타이핑의 속도가 빠르면 그 글감은 잘 정리된 글감입니다. 좋은 초고가 될 재목인 것입니다."

한편으로 이동 작업실은 당신의 머릿속이기도 하지만, 모든 공간이 당신의 작업실이라는 뜻이기도 하다. 내게는 '살면서 가장 인상적이었던 작업 순간'으로 떠오르는 두 장면이 있다. 하나는 부산영화제에 가야 해 버스를 탔던 날, 경부고속도로 위 버스 안에서 노트북을 켜고 집필하던 순간이다. 나는 그날 밤까지 보내야 할 시나리오의 마감에 매진하며, 머릿속으로는 청사포 수민이네의 조개구이 한 판을 떠올리고 있었다. 버스에서 마감하지 못하면 해운대 숙소에 처박혀 계속 써야 할 판. 그렇다면 영화제에 가는 의미가 없기에, 고속버스의 불편한 승차감에도 엄청난 몰입도로 시나리오를 마감해야 했던 기억이다.

다른 하나는《망원동 브라더스》의 마감 시즌에 벌어진 일이다. 그날 나는 강남의 영화사에서 회의를 하고 홍대로 가 한 영향력 있는 프로듀서를 만나야 했다. 그는 완성 후 1년 간 주인을 찾지 못하고 있는 내 시나리오를 읽고 올 것이고, 그 작품에 대한 구제책 혹은 사망선고를 내려 줄 사람이었다.

강남에서 회의를 마치고 홍대에 도착하니 미팅까지 40분의 시간이 남아 있었다. 나는 약속장소인 카페에 자리를 잡고 서둘러 노트북을 켰다. 막바지로 접어든《망원동 브라더스》의 이야기를 진행시켜야 했다. 세계문학상 공모 마감이 한 달밖에 남지 않았고, 그 주에 초고를 완성해야 남은 기간에 수정이 가능할 판이었다. 다행히 오랜 시간 구축된 캐릭터들은 이제 자기들끼리 작품 속에서 짓까불고 있었고, 나는 판을 계속 벌리며 그들의 궁둥이를 차주면 되는, 그야말로 작품이 농익는 순간이었다.

주문한 커피를 받아오는 것도 잊고 집필에 몰두했다. 창작의 신이 등을 떠미는 기분을 느끼며 이야기의 피니시 라인을 향해 달리듯 써내려 갔다. 그러던 어느 순간 시계를 보니 약속시간이 이미 5분이나 지나 있었다. 휴대폰을 보니 프로듀서의 문자가 와 있었다. 미안하지만 20분 정도 늦게 되었다는 메시지. 미안하긴요. 나는 그가 더 늦으면 좋겠다고 생각하며 남은 15분도 집필에 몰두했다.

이동 작업실을 사용하다보면 가끔 이런 황홀한 시간을 겪기도 한다. 당신의 몸이, 당신이 이동하는 곳이, 최고의 작업실로 구현되는 그 순간이 찾아오기를 기원해본다.

7

쓰기 위해 읽다

작업실 서재 뒤적이기

이 장에서는 지난 10년 간 내가 인상 깊게 읽은 소설 7편을 소개해보겠다. 창작자의 독서는 잡식성이어야 함에도, 어쩔 수 없이 이야기중독자 본능에 이끌려 서점에만 가면 소설 코너로 달려간다.

한편으로 소설 읽기는 최고의 소설 공부다. 남의 이야기를 읽다보면 자연스레 배우는 것들이 많다. 작가가 궁리해 쓴 흔적과 창작의 단서들은 줄과 줄 사이, 문단과 문단 사이에서 내게 깨우침을 준다. 그것이 소설 읽기에 더욱 몰두하는 이유이기도 하다.

나의 작업실 서재에 자리한 7편의 소설은 재미있게 읽은 작품이기도 하지만 스토리텔링의 힘이 넘치고 플롯과 캐릭터가 모두 뛰어난 작품이기도 하다. 배울 점이 많고 몰입해 읽기에도 좋다. 스포일러가 있기에 가능하면 작품을 읽어본 뒤 이 장을 읽기 바란다. 또한 스스로의 독후감을 나의 리뷰와 비교하다보면, 소설을 읽으며 소설을 배운다는 게 어떤 감각인지도 경험할 수 있을 것이다.

　연령과 취향에 따라 표현 수위가 강한 작품이 있다는 걸 감안해주시길, 때론 작품에 지나친 애정이 담긴 대목이 있다는 걸 이해해주시길. 이제 작업실 서재 속 근사한 소설의 세계로 빠져보시길.

《심플 플랜》

충분히 복잡한 작가의 계획

"누구나 그럴싸한 계획을 갖고 있다. 얻어맞기 전까지는."◆

전설의 복서 마이크 타이슨의 명언은 계획의 허망함에 대해
단순명료하게 지적하고 있다. 수많은 복서들이 전성기의 타이
슨을 링에서 어떻게 상대할지 떠들었지만, 사각의 전장에 올라
그의 주먹을 얼굴로 감당하다보면 계획 따위는 날아가 버리곤
했다.

인생 플랜 역시 그러하지 않은가? 우리는 삶의 매 순간 계획
과 목표를 설정한다. 하지만 세상은 호락호락하지 않아서 풍파
와 벼락을 내리고, 계획은 태풍의 중심에서 펼친 비닐우산 꼴이
된다. 역시 세상에 '손쉬운 계획'이란 없다. 영어로는 심플 플랜

◆ Everyone has a plan until they get punched in the mouth.

(simple plan), 바로 이 책의 제목이다.

궁금증을 불러일으키는 제목이다. 독자는 '심플 플랜'이란 제목을 보자마자, 그것이 결코 간단하지 않다는 걸 직관적으로 깨닫게 된다. 게다가 장르가 스릴러임을 감안하면, 심플 플랜이 어떻게 어그러질지 궁금하다 못해 섬뜩하기까지 하다. 스콧 스미스가 독자들을 낚는(hook) 방식은 전혀 '심플'하지 않다.

나는 이 책을 두 시간만에 반 이상 읽어버렸다. 이후 아껴가며 사흘에 걸쳐 완독했다. 이 계획을 한 번에 소화하는 건 곤란하다는 듯 주인공 행크와 작가의 '복잡한 계획'을 하나하나 따져가며 읽었다. 독서를 마친 뒤엔 영화 〈심플 플랜〉을 숨죽여 감상했고, 원작자가 영화의 각본에도 참여했다는 사실까지 알고 나서는 두 손을 들었다. 환호 혹은 항복. 스콧 스미스는 엄청난 소설가이자 시나리오 작가였고 나는 그를 롤 모델로 삼겠다고 마음먹었다.

《심플 플랜》은 스릴러 소설이지만 스릴러라는 장르에 국한하기엔 너무나 큰 삶의 무게와 진실을 담고 있다. 태그를 달자면 이러하다. #인간의 욕망과 어리석음 #일확천금의 허망함 #삶에 대한 애착 #생존 본능 #가족애와 형제애 #광기와 말살된 인간성 #선악과 자유의지 #운명과 우연 #눈먼 돈은 없다 #스릴러는 눈밭이 제격

이처럼 유명한 고전 소설에서나 볼 수 있는 묵직한 주제들이 1인칭 시점으로 끊임없이 실타래 풀어지듯 나온다. 주인공 행크는 손쉬운 계획을 세우고 그것을 완수하기 위해 할 수 있는 모든 수단을 가동한다. 그 과정은 치밀하지만 어리석고 처절하지만

한심하다. 잔뜩 엉켜버린 계획이 어떻게 풀릴까 궁금하고, 풀릴 듯 다시 꼬이는 순간 주인공이 새로운 대책을 세우길 응원하다가, 예상치 못한 전개에 당황해하고 결국 몸서리치게 된다.

행크와 그의 형 제이콥, 형의 친구 루는 우연히 눈 덮인 숲에서 추락한 경비행기를 발견한다. 비행기 안에서 조종사의 시체뿐 아니라 현금 4백 40만 달러가 발견되며 사건은 본격적으로 펼쳐지고, 행크의 문제도 발생한다.

첫 번째 문제. 거금에 눈이 먼 두 사람이 무작정 그것을 챙기려 한다는 것. 행크는 위험하다며 손대지 말자고 이성적으로 대처한다. 하지만 형과 루는 실업자인 자신들에겐 이 돈이 중요하다고 행크와 맞선다. 이에 행크는 고민 끝에 자신이 일단 돈을 보관하고, 6개월 뒤 아무 일이 없을 시 돈을 나누자고 제안한다. 결국 두 사람은 이에 합의한다.

두 번째 문제. 아내를 설득하는 일. 돈을 가져온 행크는 아내에게 돈을 보인 뒤 '심플 플랜'에 대해 말한다. 아내는 처음에는 반대하지만 절대로 잡히지 않겠다는 행크의 다짐을 받은 뒤, (마치 돈에 손을 대지 않은 듯 보이게) 일부 돈을 경비행기에 다시 갖다 놓으라는 치밀한 제안을 더한다. 이로서 둘 역시 공범이된다.

세 번째 문제. 이런 중대한 비밀을 공유한 형과 루가 믿을 수없는 인간이라는 것. 당장의 돈이 궁한 두 사람은 어디로 튈지모르는 불안요소다. 행크는 형에게 가족애를 강조하며 루를 통제할 것을 강조한다. 하지만 루는 돈이 필요하다며 슬슬 행크를 압박하기 시작한다.

첫 번째 문제에서 행크 자신은 돈을 탐내지 않는다고 생각한다. 이는 나중에 그의 후회와 연결된다. 그 역시 다른 두 명처럼 돈을 원했다. 그들보다 조금 복잡한 방식으로 원했을 뿐이다. 두 번째 문제에서도 아내를 설득하는 데 성공하지만, 일부 돈을 돌려놓으러 가는 길에 마주친 목격자를 죽이고 만다. 이로 인해 계획이 꼬이게 된다. 세 번째 문제가 되는 형과 루는 '바보와는 일하지 말라'는 격언을 무시한 대가다. 그로 인한 결과로 루를 죽이게 되면서 연쇄적인 문제로 확장된다.

행크는 사람을 죽인 죄책감에, 이를 숨기려는 무리수로 점점 피폐해진다. 가족과 돈을 지키기 위해, 이제는 너무도 엉망진창으로 꼬여버린 계획을 어떻게든 완수하기 위해, 결국 인간성을 포기하기에 이른다.

그때에는 우리가 벌인 일로 벌을 받을지도 모른다는 생각을 전혀 할 수 없었다. 우리 범죄는 너무 사소해 보였고, 우리 행운은 너무 커 보였다.◆

작가는 인간의 욕망으로 인한 내면의 악이 어떻게 서서히 자라나며 삶을 파탄시키는지를 치밀한 플롯으로 보여준다. 작가가 선택한 1인칭 시점은 주인공의 내면을 샅샅이 관찰할 수 있

◆　스콧 스미스 지음, 조동섭 옮김(2009), 《심플 플랜》, 비채

게 도와주고, 사건의 연쇄로 눈덩이처럼 문제가 커져가는 과정은 플롯의 전진에 가속도를 붙인다. 클라이맥스의 과격함을 인정하게 만드는 개연성이 있고, 결말에 이르러 초라해진 주인공을 통해 독자들에게 음울한 진실을 보여준다. 심플 플랜이란 없다고. 인생은 간단하지 않다고. 삶이란 살얼음판은 떨어진 행운을 줍기엔 너무나 위태롭다고 경고한다.

이렇듯 《심플 플랜》은 범죄 스릴러 플롯 속에서 인간의 욕망과 어리석음을 탐구하는 작품이다. 상업 소설로서 최고 스피드의 몰입감에 고전 소설 못지않게 인간성이란 주제를 깊이 파고든다. 실로 재미와 의미를 모두 획득한 걸작이다.

리뷰를 위해 작정하고 오른 링에서 다시 스콧 스미스에게 얻어맞았다. 그럴싸한 계획은 역시 존재하지 않는다.

선인장을 볼 때마다 떠오르는 그녀

마흔다섯 살의 수잔은 안정적인 직장이 있고, 불필요한 인간 관계보다는 아파트에서 홀로 보내는 시간을 더 즐기는 싱글 여성이다. 어느 날 엄마가 갑작스럽게 세상을 떠났다는 소식을 증오의 대상인 남동생 에드워드로부터 듣게 되고, 하필 그때 수잔은 한 아이의 엄마가 될 상황에 놓인다. 게다가 엄마의 유산이 에드워드에게 넘어가게 되었다는 예상치 못한 사실을 알게 된다. 엄마의 갑작스런 죽음, 어딘가 미심쩍은 유언장. 수잔은 분명 '사건'의 배후에 남동생 에드워드가 있을 거라 확신하고 상황을 두 눈으로 확인하기 위해 고향으로 향한다. 그곳에는 벗어나고 싶은 어린 시절의 기억, 단 한 번도 그 존재를 인정하고 싶지 않았던 남동생 에드워드, 그리고 롭이라는 남자가 있다.

이 소설은 독립적인 40대 여성 수잔이 어머니의 죽음과 (어머니가 되는) 임신이라는 일련의 사건을 통해 관계를 배우고 성장하는 이야기다. 영국 작가 사라 헤이우드의 놀라운 데뷔작으로 뉴욕타임스 베스트셀러, 15개국 판권 계약, 리즈 위더스푼 주연의 영화화 등 화려한 성과를 거둔 작품이기도 하다. 그리고 내게는 숨길 수 없는 매력이 돋보이는 주인공 캐릭터 덕에, 책을 읽는 동안은 물론 이후에도 선인장만 보면 입꼬리를 올리게 만드는 작품이다.

'캑터스'라는 제목부터 살펴보자. 까칠하고 차가운 성격의 주인공이 유일하게 애착을 갖는 게 선인장이다. 소설 속 직설 화법의 달인 수잔처럼 작가는 제목에서부터 직유를 구사한다. 다른 화초와 달리 마르고 건조하며 가시도 넘치는 선인장은, 모두가 좋아하는 식물은 아니지만 개성이 넘치고 독특하며, 가끔은 귀한 꽃을 피우기도 하는 존재. 주인공 수잔 역시 자신만의 삶을 추구하며 가시로 무장한 듯 까칠하게 살고 있다. 독자들은 이런 수잔이 어떻게 변할지 호기심을 품고 소설을 읽어내려 간다.

신인 작가라는 게 무색하게 사라 헤이우드는 이야기를 어떻게 시작해야 하는지 정확히 알고 있다. 바로 책을 펼치자마자 사건이 터지는 것이다. 이야기의 시작, 주인공 수잔은 구토를 하다가 엄마가 돌아가셨다는 전화를 받는다. 이후의 사건은 모두 이를 바탕으로 벌어지는 일들이다. 수잔의 구토는 곧 그녀가 임신했다는 사실로 이어지고, 엄마의 죽음은 수잔에게 자신의 과거를 직면해야 하는 숙제를 부여한다. 독립적이며 소통을 거부하는 싱글 여성이, 혼자 아이를 낳아 키워야 하며 원수 같은 동생과 유산 갈등을 벌여야 하는 것이다.

독자들은 수잔이 이 두 난제를 어떻게 해결할 것인지에 빠져들게 되는데, 흥미로운 지점은 책을 읽을수록 그녀가 이 문제를 똑 부러진 성격으로 해치울 거라 기대하게 된다는 것이다. 작가가 1인칭 시점은 물론 적절한 대사와 상황을 통해 캐릭터의 단호한 면모를 잘 보여주기 때문이다.

"이런 식으로 일을 망치는 건 오늘이 정말 마지막이야, 에드워드. 엄마 집에 네가 계속 살 수 있을 거라고 착각하지 마. 내 생각보다 훨씬 멍청한 놈이었어. 난 늘 너 같은 남동생이 있다는 게 싫었어. 그리고 너도 누나가 있다는 게 얼마나 끔찍한지 곧 알게 될 거야."◆

엄마의 장례식, 술에 취해 멋대로 구는 남동생에게 일갈하는 수잔의 이 대사만 봐도 그녀가 얼마나 가차 없는지 알 수 있다. 이후 독자들은 똑 부러지는 수잔과 한심하고 능글맞은 동생 간의 싸움을 흥미롭게 지켜보게 된다. 수잔은 과연 유언장의 진실을 파헤칠 수 있을까? 돌아보기 싫은 과거인 고향과 엄마의 집을 뒤로 하고 런던의 일상으로 돌아갈 수 있을까? 이런 난관 속에서 임신한 아이를 낳아 엄마로의 새 삶을 시작할 수 있을까?

서두에서부터 흥미와 궁금증을 주고 수잔이 만만치 않은 캐릭터임을 보여주지만 문제 해결은 결코 쉽지가 않다. 모든 좋은 이야기가 그렇듯 작가는 주인공에게 업그레이드된 장애물을 계속 부여한다. 그리하여 인생의 주요 문제는 쉽게 해결되지 않으

◆ 사라 헤이우드 지음, 김나연 옮김(2021), 《캑터스》, 시월이일

며, 그나마 삶의 가치관을 바꿔야만 문제를 다룰 수 있다는 걸 주인공을 통해 보여준다.

동생은 생각보다 교묘했고 과거는 더 복잡했으며 현실은 수잔을 계속 난처하게 만들 뿐이다. 그녀는 이 난국을 극복하기 위해 전략 수정이 필요하다는 걸 깨닫게 되는데, 그것은 바로 사람들의 도움이 필요하다는 걸 인정하는 것. 아이 아버지와의 관계를 잘 정리하는 데에는 아이 아버지의 도움이 필요하다. 동생의 교활한 수를 파악하려면 동생 친구 롭을 조력자로 만들어야 한다. 유언장에 관한 진실을 알아내는 것 역시 이모와 목사의 도움이 필요하다.

이들은 모두 수잔의 과거에 중요한 위치를 차지하는 인물들이다. 그러므로 수잔은 자신의 과거를 통째로 복습해야 한다. 유언장에 대한 진실을 밝히는 과정은, 자신의 본성을 알아내 사건을 해결하는 '성장 플롯'에 닿아 있다. 여기에 더해 작가는 영리하고 그럴듯한 반전을 넣어 독자들의 고개를 한 번 더 끄덕이게 만든다.

《캐터스》는 독보적인 1인칭 주인공 캐릭터와 삶을 성찰하게 만드는 사건의 연쇄가 요리조리 잘 버무려진 소설이다. 책을 읽은 독자라면, 이야기의 말미에 아이와 사랑하는 남자와 함께하는 새 인생을 쟁취한 수잔에게 미소를 보낼 수밖에 없을 것이다. 과거와 달리 그녀는 이제 주위의 따뜻한 시선을 거부하지 않는다. 독자들의 흐뭇한 응원은 모두 사라 헤이우드라는 작가의 탁월한 캐릭터라이징과 충실한 스토리텔링에 대한 답이다. 이제 나는 선인장을 볼 때마다 '캑터스'를 발음하며 수잔의 단호한 표정과 말투를 떠올릴 수밖에 없게 되었다. 마치 살아 있는 실제 존재처럼 그녀를 기억하는 것이다. 이것이 소설과 캐릭터의 힘이다.

멀지 않은 수화기 너머……
청춘들의 아우성

'로그라인'은 한 문장으로 요약한 이야기의 줄거리를 말한다. 《콜센터》의 로그라인을 내 방식대로 정리하면 이렇다.

'콜센터에서 갑질 피해를 당하던 상담사, 슈퍼 진상을 직접 찾아 나선다.'

이 문장을 읽는 것만으로도 질문이 마구 떠오른다. 슈퍼 진상은 무슨 언어폭력을 저질러 왔을까? 오죽하면 상담사가 직접 놈을 찾겠다고 할까? 상담사는 놈을 찾아가 무슨 일을 벌일까? 복수일까? 응징일까? 아니면 놈을 찾아가 자신이 당한 것과 같은 방식으로 갑질을 벌이는 걸까? 그나저나 콜센터는 왜 갑질 피해를 줄이지 못하는 걸가? 감정 노동 업계의 현실은 왜 이렇게 열악한 것일까? 이 이야기는 공분을 불러일으킬 수 있을까? 공분을 불러일으킬 수 있다면 영화나 드라마로 만들어질 수 있지 않을까?

수많은 질문이 터져 나오는 로그라인을 갖춘 이 이야기는 김의경 작가의 세 번째 장편소설이다. 데뷔작《청춘파산》과 두 번째 소설《쇼룸》그리고《콜센터》모두 가난하고 곤궁한 2~30대 남녀의 삶이 이야기의 중심이다. 그의 소설에서는 값싼 노동력을 제공하는 청춘의 고단함과 삶의 무게가 세밀화처럼 묘사된다. 가히 연작이라고 해도 무방할 정도로 일관된 소재와 주제로 작가는 자신이 지나온 세계를 솔직하고 웃프게 그려왔다.

그렇게 쌓여온 이야기가《콜센터》에서는 한층 유려하고 능숙하게 펼쳐진다. 무엇보다 이 작품은 희망적이다. 앞의 두 소설이 일탈 따위 허용하지 않는 단단한 현실에 발이 묶여 있다면 여기에서는 한결 자유롭다. 소설의 후반부에 나오는 무작정 여행과 애틋한 연애담은, 작가가 작품 안팎 청춘에게 건네는 작은 선물과도 같게 느껴진다.

주인공은 콜센터에서 일하는 스물다섯 살 동갑내기 주리, 용희, 시현, 형조, 동민 다섯이다. 대학 졸업 후 대기업 취업을 준비하던 주리와 용희는 취업이 될 때까지 잠시만 있기로 하고 콜센터 상담원으로 일하게 된다. 이곳에서 방송사 아나운서를 꿈꾸는 시현과 공무원 시험을 준비하는 형조, 콜센터 상담원으로 있다 피자 가게 창업을 꿈꾸며 피자 배달원이 된 동민을 만나 친해진다. 콜센터에서는 끊임없이 전화를 받고 고객 요구에 응대해야 하는데, 일부 진상 고객들로부터 극심한 스트레스를 받기도 한다. 대표적인 것이 욕설을 포함한 언어폭력이다. 무시와 멸시에 성희롱까지 해대고, 하루에도 수십 번씩 전화해서 한 상담원을 집중적으로 괴롭히는 사람도 있다.

크리스마스가 다가오면 콜센터 상담원들은 긴장한다. '크리스마스의 쓰나미'라고 불릴 정도로 주문 콜이 엄청나게 몰리기 때문이다. 진상을 만날 확률도 그만큼 올라간다. 이때 안하무인격으로 민원을 제기해대는 '슈퍼 진상'이 시현 앞에 등장한다. 놈은 하루에 몇 시간씩 전화기를 붙들고 시현을 괴롭힌다. 집안 사정으로 아나운서 꿈마저 멀어져가는 시현은 감정이 폭발해 부산 해운대가 주소인 슈퍼 진상을 찾아가 '사이다 복수'를 하겠다 선언한다. 시현을 짝사랑하는 동민이 이 길에 따라나서고, 처음에는 만류하지만 숨 막히는 콜센터에서 탈출을 꿈꾸던 주리와 용희, 형조 역시 여기에 합세한다.

작가는 실제 일했던 피자 주문 콜센터에서의 경험을 토대로 이 이야기를 만들어냈다고 한다. 그래서일까, 책을 펼치자마자 콜센터의 생생한 통화내역이 귓가에 차온다. 주인공들이 갑질을 당하고 괴로워하는 장면에선 나도 모르게 한숨이 나고 화가 치민다. 이처럼 디테일은 이야기에 신뢰감을 더한다. 믿을 만한 이야기. 그것이 좋은 소설의 기본임을 실감하게 하는 지점이다.

소설 속 가장 중요한 글귀가 제목이어야 한다는 작법에 맞게 '콜센터'라는 제목도 적절하다. 그렇다면 제목이 담당해야 할 궁금증은? '콜센터의 갑질 노동에 시달리던 상담원이 자리를 박차고 슈퍼 진상을 찾아 나선다'는 로그라인이 그 역할을 대신 해준다. 앞에서 언급한 것처럼 제목과 로그라인이 '원투 펀치'로 기능하며 이야기에 대한 최초 관심을 불러일으키고 있다.

콜센터 속 다섯 명의 청춘은 서로를 좋아하기도 하고 질투하기도 하며 우정을 이어나간다. 독자들은 그들의 지지부진한 일상과 소박하지만 닿기 힘든 꿈을 보며 동정과 응원을 보낸다. 잘 구축된 캐릭터와 캐릭터 간의 호응을 느끼며, 후반부 슈퍼 진상을 찾아 부산으로 향하는 여정에 독자들도 자연스럽게 동참하게 된다.

아쉬운 점은 슈퍼 진상에 대한 응징이 통쾌하지 않다는 것이지만, 이 책의 장르가 복수극이 아니라는 점을 상기하면 문제될 것은 없어 보인다. 슈퍼 진상을 맥거핀으로 작가는 이들을 낯선 공간에 보내주었고, 다섯 청춘은 바다를 보며 소원을 빌고 서로의 마음을 살핀다. 한창인 청춘에도 생계를 위해 절제해야 했던 감정을 키울 기운을 얻는다. 그리하여 작품 말미에 누군가는 누군가를 사랑하고, 누군가는 꿈을 향해 나아가고, 누군가는 콜센터에서의 생활을 받아들이게 된다. 지치고 힘든 청춘에게 이번 해피엔딩은 데우스 엑스 마키나가 아닐 것이다. 작가의 따뜻한 시선이 이야기를 가치 있게 만들었다.

"맞아. 그놈의 콜센터에 다니는 동안 목소리로 너무 많이 맞았어. 피가 안 나고 멍이 안 드니까 아무도 내가 아픈 줄 몰라."◆

마지막으로 잊지 말아야 할 것,《콜센터》는 감정 노동에 대한

◆　김의경 지음(2018),《콜센터》, 광화문글방

이야기다. 이 작품은 감정을 다쳐가면서도 아프다고 말하지 못하고, 감정을 느끼고 싶지만 누군가에게 감정을 가지는 게 사치인 청춘 세대의 아우성이다. 소설을 통해 그들의 다친 감정이 조금은 아물고 회복되기를. 누군가에게 감정을 느끼고 나눌 기운을 얻기를 희망해본다.

누구라도 우연히 진상 고객이 될 수 있고, 그때 당신의 말은 칼과 망치 같은 흉기가 될 수 있다는 걸 잊지 말기를. 보이지 않는 상담원을 말로 때리지 말기를. 이 이야기를 공감하며 읽은 사람이라면 그렇게 굴지 못할 것이다.

상 받은 소설이 모두 다 어렵진 않아

여기 어떤 남자가 있다. 26년 간 한 아파트의 관리원으로 지낸 그는 그야말로 '순돌이 아빠'♦다. 배관 수리부터 관리 보수, 유지 운용과 보안을 담당하는 것은 물론 정원, 수영장, 지하주차장, 접객실, 회의실과 68가구의 집 컨디션이 정상적으로 돌아가게끔 균형을 유지하는 일을 끝없이 해냈다. 여기에 철야, 야간경비, 출동, 확인, 순찰, 노인 돌보기, 병자 살피기, 망자 배웅까지 하며 104번의 계절을 보낸 그는, 아파트의 대체 불가 만능 관리원이다.

그렇게 50살이 된 그의 삶에도 21세기가 찾아오고 아파트에도 변화가 일어난다. 새 입주자 대표는 비용 절감을 외치며 너그러운 관리 노동을 해 온 그의 방식을 무시하고 제재한다. 공동주

♦ 1990년대 초반까지 인기리에 방영된 MBC 드라마 〈한 지붕 세 가족〉에 나오는 뭐든 뚝딱뚝딱 잘 고치는 캐릭터

택 관리규약은 점점 치졸해지고 교묘해지면서 사용자의 착취와 갑질을 정당화한다. 인간성이 사라지고 통제가 일상화된 자신의 직장이자 삶의 터전에서 그는 좌절한다. 아내의 죽음 역시 고립감을 더한다. 그런데 입주자 대표는 그의 개가 아파트 규칙에 맞지 않게 정원에 앉아 있다고 난리를 친다. 그는 더 이상 참지 않는다. 이에 대한 대가로 그는 감옥에 가고 살인범을 룸메이트로 얻게 된다.

감옥에 갇힌 남자는 자신의 전 인생을 돌아보며 그의 주위를 맴도는 망자들(아버지, 아내, 개)과 대화를 나눈다. 폭주족 출신 살인범 룸메이트와 삶을 공유하며 서로 돕는다. 살인미수 범죄자 신분으로 사죄할 것인지 인간의 존엄을 지킬 것인지 사이에서 갈등한다.

이것은 대한민국 어딘가에서 일어난 한 아파트 관리원의 불행한 인생에 대한 리포트가 아니다. 이것은 덴마크인 아버지와 프랑스인 어머니 사이에서 태어나 캐나다 퀘벡에서 삶을 일궈온 폴 크리스티앙 프레데릭 한센이란 인물의 일대기이며, 소설이다.

이 소설은 프랑스 작가가 쓴 자본에 침식된 21세기 현실에 대한 보고서이자, 인간의 조건에 대한 전 세계적 질문이다. 놀라운 건 이런 심각한 소재에도 불구하고 이야기 자체는 무척이나 술술 읽히고, 유머가 넘치며, 시종일관 흥미진진하다는 것이다.

프랑스 국민작가라 불리는 장 폴 뒤부아는 이 소설로 2019년에 공쿠르상을 받았다. 너무 늦게 받은 게 아닌가 할 정도로 많은 작품이 독자들의 사랑을 받은 그는, 한국에서도 《프랑스적인 삶》과 《타네 씨, 농담하지 마세요》 등으로 알려진 작가. 과거 '프랑스적인 삶'이 무엇인지 알아보려 그의 책을 읽다 잠들어버린 나로서는, 같은 작가의 '모두가 세상을 똑같이 살지는 않'는다는 주장에도 딱히 관심을 가질 수 없었다. 하지만 수영장이 딸린, 한적하고 깔끔해보이는 아파트가 등장하는 책 표지를 보며 호기심이 일었다. 거기에 더해 마치 무언가 있다는 듯 아파트 뒤에 깔린 노을빛이 마음에 들었다. 소설의 배경이 되는 공간을 표지로 썼음이 분명한데, 저곳에서 대체 무슨 일이 벌어지는 것일까, 하는 궁금증이 커지기 시작했다. 그래서 책을 펼치면, 뜬금없이 아파트가 아니라 교도소가 등장한다. 왜죠?

나는 갸우뚱하는 심정으로 일단 교도소로 진입한다. 이후로는 주인공 폴의 회상을 따라 프랑스 남부 툴루즈 – 덴마크 유틀란트 반도 스카겐 – 캐나다 퀘벡 셋퍼드 마인스와 몬트리올을 여행하다가 렉셀시오르 아파트를 거쳐 몬트리올 교도소로 다시 돌아온다. 가이드이자 주인공 폴을 따라 모두가 똑같이 살지는 않는 세상을 경험하고 나면 이 이야기의 제목을 몸소 실감할 수 있게 된다.

그의 소박하고 북방적인 태도는 우리를 둘러싼 모든 것이 삶일 뿐이고, 모든 것에 나름의 의미와 가치가 있으며, 시선을 돌리고 주의를 기울이기만 하면 우리 모두가 매일 아침 반짝이는 불협화음으로 생존을 즉흥 연주하는 거대한 교향악의 일부

임을 깨닫게 했다. ◆

실패한 결혼과 도박 중독의 삶을 산 목회자 아버지에 대한 폴
의 회상, 이 회상이야말로 폴이 아버지의 삶을 받아들이는 대목
이며 자신의 삶과도 연결되는 부분이다. 제각각의 악기로 제멋
대로 연주하면서 소음인지 음악인지 모를 삶을 플레이하는 즉
흥 연주자들. 인간들. 폴은 이를 수긍하고 삶을 긍정했다. 마음
깊이 응원할 수밖에 없는 주인공 폴을 창조한 작가를 마음 깊이
존경할 수밖에 없어진다.

이 작품의 장점은 끝이 없다. 웃음과 우아함, 슬픔과 고통이
있다. 유려한 문장과 품위 있는 표현이 있다. 문화와 인류에 대
한 통찰이 넘친다. 노련한 작가에 의해 독자는 제대로 밀고 당겨
진다. 캐릭터마다 각자의 삶을 충실히 대변하고 잘 준비된 클라
이맥스가 대미를 장식한다.
상 받은 프랑스 소설이라 예술성이 짙고 가독성이 떨어질 거
라 생각하면 오해다. 마치 1인 독주처럼 주인공 폴은 자신의 전
생애를 독백하듯 털어놓으며 독자들을 끄덕이게 만든다. 각자
의 삶을 돌아보게 만든다. 그러면서도 폴의 인생 기승전결을 또
박또박 짚어내는 이야기 구조는 결말에 이르러 참을 수 없는 멜
랑콜리를 선사한다. 독서 경험 내내 한 사람의 인생을 응원한 결

◆ 장 폴 뒤부아 지음, 이세진 옮김(2020), 《모두가 세상을 똑같이 살지는 않아》,
창비

과를 후회하지 않게 만드는, 치밀한 완성도를 뽐내는, 시대의 훌륭한 이야기 그 자체다.

백 속 내용물을 알아내기까지

    2020년 초, 우연히 《인더백》을 읽게 되었다. 한국에서 흔치 않은 아포칼립스 장르의 이 소설은 그해 가장 인상적인 작품으로 서재에 남게 되었다. 과감한 상상력과 단단한 서사, 충실한 장르 규칙과 반전은 기본이었다. 거기에 더해 소설은 지옥도 같은 20세기와 21세기 대한민국의 생존 풍경을 보여주었다. 그것은 한국전쟁을 방불케 했고, 무능력한 정부와 집단을 소환하기도 했고, 인간성이 말살된 잔혹한 현실 역시 떠오르게 만들었다.

    이야기는 미사일 폭격을 맞은 동호대교에서 시작된다. 난리 통에 주인공 동민은 아내의 시신을 확인하고 아들을 찾아 헤맨다. 곧 쓰러진 아들을 발견하고 잡아 일으킨다. 대체 뭐지? 작가는 배경과 전제에 대한 아무 설명 없이 아비규환 속에 독자를 던져 놓는다. 마치 전쟁과 재난은 난데없이 당신에게 벌어진다는 것을 체험시키려는 듯, 독자를 무작정 떨구어놓는다.

아포칼립스 장르임을 감안하더라도 이야기는 꽤 잔인하다. 백두산이 폭발한 뒤 북한이 발사한 미사일에는 식인 바이러스가 장착되어 있고, 감염된 사람들은 식인자가 된다. 이들이 가장 좋아하는 먹잇감이 아이들이기에, 동민은 125리터 켈티 배낭 안에 아들을 숨긴다. 행선지는 청정 지역이라는 대구. 하지만 아들을 잡아먹으려는 식인자들, 조력자인 줄 알았던 인육 공급자들, 감염자를 색출해 무차별 살상하는 정부군, 이에 대항하기 위해 모였지만 하는 짓은 똑같은 반군…… 동민은 '지옥과 같은 시간을 보낼 때는 전진하는 것만이 답'이라는 처칠의 말을 실천에 옮긴다.

주인공의 목표는 아들을 살려 대구까지 가는 것. 주인공의 장애물은 재난과 전쟁과 식인 바이러스에 감염된 인간들. 주인공의 장점은 해병대 출신의 운동능력과 부성애. 주인공의 리스크는 아내의 죽음과 식인에의 충동, 감염의 위기와 아들 그 자체. 이런 극적 요소를 바탕으로 이야기는 스피디하게 전개되며 계속된 의문을 던진다. 과연 대구까지 무사히 갈 수 있을까? 대구는 이들에게 안전할까? 식인 바이러스에 감염되지는 않을까? 감염된 아빠가 아들을 잡아먹지는 않을까? 이와 같은 서스펜스와 미스터리의 연쇄야말로 이야기를 스릴 있게 전진시키는 기술임을 작가는 잘 알고 있다.

거기에 더해 후반부 두 가지 반전은 이 작품이 단순히 스릴감 넘치는 아빠와 아들의 생존 여정만이 아니라는 걸 일깨워준다. 이야기에 빠져들면 분석력이라고는 제로가 되는 나로서는 두 가지 반전 중 하나도 발견하지 못한 채 넋 나간 사람처럼 결과를 목도해야 했다. 하지만 눈 밝은 독자라면 중반부부터 반전을 예상할 것이고, 그것이 이 이야기를 얼마나 더 처참하게 만드는지 실감할 것이다. 이것은 인간의 끔찍한 생명력이야말로 인간성을 파괴하는 도구라는 걸 상기시킨다. 반전이 주제에 기여하면서《인더백》은 이야기로서의 재미와 작품으로서의 의미를 모두 확보해낸다. 작가의 이야기는 놀라웠고, 전진했고, 마침내 생존했다.

책을 읽은 지 얼마 안 돼 차무진 작가와 SNS 상에서 인사를 나누었다. 최근엔 그의 신작《아폴론 저축은행》을 증정 받고 내 책도 건넬 수 있었다. 서로의 작품을 즐겨 읽으며 상대방의 건필을 응원한다면, 그것이 곧 작가 공동체가 아닐까 싶다.《인더백》을 재미있게 읽은 분들이라면《아폴론 저축은행》도 놓치지 말지어다. 이 책은《인더백》의 엑기스만 뽑은 이야기가 여덟 편이나 담긴, 한층 독한 패키지다. '차무진 바이러스' 감염이 두렵지 않다면 도전해도 좋을 것이다.

짧고도 긴, 강력한 이야기의 힘

오기와라 히로시와의 인연은 2008년으로 거슬러 올라간다. 당시 나는 전업작가 2년차로 활발하게 작품 활동을 하…… 기는 커녕 무명작가의 설움과 생활고로 마음과 몸이 쭉쭉 말라가던 때였다. 힘들게 시나리오 작가로 살며 틈틈이 소설을 쓰던 그 즈음, 한 영화제작사가 일본 소설의 시나리오 집필 건을 제안해왔다. 전업작가가 되기 전 소설편집자로 다수의 일본 소설을 담당했던 나는 자신 있게 미팅에 참석해 책을 받았다.

책의 제목은 《오로로콩밭에서 붙잡아서》였고 오기와라 히로시라는 작가의 작품이었다. 어라? 그는 누구이고 이 제목은 대체 무슨 뜻인지? 잠시 멘붕에 빠진 나는 말을 아껴야 했다.

어찌어찌 집필 계약에 도전하기로 한 뒤 집에 와 오기와라 히로시에 대해 조사했다. 아뿔싸. 그는 청년성 알츠하이머에 걸린 사십대 가장의 이야기로 열도를 울린 히트작 《내일의 기억》의 작가였다. 《오로로콩밭에서 붙잡아서》는 그의 데뷔작으로 제10

회 소설 스바루 신인상을 수상한 작품. 범상치 않은 제목은 J. D. 샐린저의 《호밀밭의 파수꾼》의 일본어판 제목 '호밀밭에서 붙잡아서'를 패러디한 것. 나는 집필을 맡게 되면 제목부터 바꾸겠다고 마음먹으며 책을 읽어 내려갔다.

오지 시골마을의 부흥 캠페인 용역을 맡게 된 도쿄의 도산 직전 광고회사 직원들, 이들은 사투리가 심해 말도 잘 통하지 않는 그곳을 전국적인 인기 명소로 만들기 위해 고군분투하며 엄청난 가짜 이벤트를 벌이는데……. 실제 광고회사 카피라이터였던 오기와라 히로시 자신의 경력을 살린 유쾌하고 뭉클한 소설이었다. 재치가 넘치는 이 작품에 푹 빠진 나는 집필 계약을 따내기 위해 열심히 기획안과 시놉시스를 정리해 영화제작사에 보냈다. 그리고 얼마 뒤 탈락을 통보받았다.

결과적으로 일을 얻진 못했지만 오기와라 히로시라는 작가를 알게 되었고, 이후 그의 작품을 빠짐없이 찾아 읽었다. 일본에서는 최고 인기 작가 중 하나지만 우리나라에서는 비교적 덜 유명한 그의 진가가 알려지길 바랐는데, 이제 내 서재에 있는 그의 베스트를 소개할 기회를 얻게 되었다.

서두가 길었다. 본론으로 들어가서 《바다가 보이는 이발소》는 오기와라 히로시가 2016년에 발표한, 가족을 주제로 한 단편집이다. 작가의 데뷔 20주년을 기념해 출간되었고, 표제작 〈바다가 보이는 이발소〉는 다수의 문학상을 수상한 그의 경력에 나오키상을 추가해주었다. 한마디로 이 작품은 오기와라 히로시가 문학성과 대중성을 고루 갖춘 작가라는 걸 증명하는 동시에, 우리 시대 최고의 스토리텔러 중 하나라는 걸 인정하게 만드는 작품이다.

　유명 배우와 저명인사들만 관리했던 전설의 이발사는 이제 인적 드문 바닷가에서 작은 이발소를 운영하고 있다. 커다란 거울에 푸른 바다가 가득 비치고, 손님을 위한 자리는 단 하나뿐. 이 특별한 이발소에 어느 날 한 청년이 찾아온다. 이제 신비로운 이발소를 배경으로 나이 든 이발사와 청년의 한때가 그려진다. 정겨운 이발소 풍경이 후각과 촉각으로 느껴질 듯 생생하게 묘사되고, 두 사람의 대화를 따라 과거의 나날들이 되살아난다. 중요한 날을 앞두고 멀리서 찾아온 청년과 화려한 과거를 뒤로 한 이발사가 간직하고 있는 비밀은 무엇일까. 담담하기에 더욱 가슴 아린 진실과 함께, 소설의 마지막 문장은 눈물이 울컥 나올 만큼 먹먹한 울림을 남긴다.

　단편소설인지라 복잡한 플롯과 구조로 이야기가 전개되진 않는다. 이발사와 청년 단 두 명의 인물이 나오고 나머지는 이발사의 이야기 속 조역이나 단역이다. 단순한 플롯과 단출한 캐릭터 구성 속에서 작가는 늙은 이발사의 기구한 일생을 차분하고 담담하게, 그러나 서서히 조여들며 단단하게 독자들의 마음에 쌓아간다. 당연히 청년의 마음에도 이발사의 이야기가 쌓이고, 우리는 청년이 받을 감상과 회한을 기대와 염려로 헤아리게 된다.

　어떤 화려한 플롯도 없이, 어떤 강력한 캐릭터도 없이, 작가는 짧은 이야기 하나를 통해 우리에게 가족애가 무엇인지, 상실의 삶이 무엇인지, 재회와 이별이 무엇인지 실감하게 해준다. 이 정도면 장편, 단편, 플롯, 구조, 기승전결 같은 작법의 잣대가 별무

소용 없는 것이다. 우리는 바다가 보이는 이발소에 갇힌 채 이발사의 인생사와 가위질 소리를 들으며 청년의 심정과 이야기의 마무리를 애타게 추측할 수밖에 없게 된다.

　이야기의 마지막 두 줄은 화룡점정이란 게 무엇인지, 제대로 배치된 대사의 힘이 무엇인지 알려주는 엄청난 대목이다. 나는 울었다. 스토리텔링과 인생을 배우면서 동시에 울 수도 있는 이 작품이야말로 오기와라 히로시 최고의 소설이라고 말하고 싶다.

내 모가지를 지키기 위한
남의 모가지 자르기

> **ax** 미국·영국[æks]
>
> 1. 도끼
> 2. 재즈 악기 (기타, 색소폰 등)
> 3. 도끼로 자르다
> 4. <경비·인원 등을> 대폭 삭감하다.

　버크 데보레는 23년 동안 제지회사에서 일해 온 평범한 미국 중산층 남자다. 미국 전역에 불어닥친 인원 감축의 바람을 피해 가지 못한 그 역시 어느 날 하루아침에 정리해고를 당하고 만다. 곧 취직이 될 거라는 믿음으로 구직 활동을 한 지 2년이 흘렀지만 버크는 여전히 실직자일 뿐이다. 한창 돈이 들어가는 10대의 두 자녀, 꼬박꼬박 물어야 하는 주택 융자금. 점점 바닥나는 돈, 서먹해진 아내와의 관계…… 이 모든 걸 해결해줄 수 있는 건 일

자리뿐이다. 재취업을 위해 원서를 내보지만 그를 다시 받아주는 회사는 없다. 초조해진 그는 통제 불능 상태에 빠진 자신의 인생과 상처 입은 영혼을 복구하기 위해 기막힌 계획을 세운다. 일단 그는 잡지에 제지회사의 가짜 구인 광고를 낸다. 사서함에는 경쟁자들의 이력서가 가득 쌓이고, 그는 자신보다 더 능력 있고 젊고 잘생긴 여섯 명을 추려낸다. 뛰어난 인사 담당자라면, 버크보다는 이들을 채용할 것이다. 이제 젊고 유능한 경쟁자들만 사라지면 된다.

범죄소설 분야의 그랜드마스터 칭호를 받는 도널드 웨스트레이크의 《액스》는 오래전부터 박찬욱 감독이 영화로 만들겠다고 공언한 작품이다. '소설로 읽는 자본론'이라고까지 평가받은 이 작품은 어느 정리해고자의 위험천만한 취업 투쟁기를 아이러니하게 그리고 있다. 이 작품은 제목 그대로 대량 인원 삭감이라는 주제를 정면으로 다루며 범죄소설의 구조 속에서 자본주의라는 의자 뺏기 놀이를 아이러니컬하게 보여준다.

이 작품이 왜 걸작인지는 이러한 주제의식을 뒤로 하고도, 완벽한 구조와 빼어난 캐릭터 구축, 그리고 엄청나게 흥미진진하고 스릴 넘치는 스토리텔링을 작가가 구사하기 때문이다. 내게는 생전에 이런 이야기를 쓴다면 여한이 없겠다고 느낀 작품이자 두고두고 스토리텔링을 공부할 만한 최고의 참고서이기도 하다.

최고의 작법 참고서이니만큼 구체적인 분석으로 작품을 살펴보려 한다.

제목

'도끼'라는 표면의 뜻 뒤에 '정리해고 행위'를 뜻하는 은유가 담긴, 분위기와 호기심 모두를 확보한 제목이다.

로그라인

정리해고된 한 중년 남자가 재취업을 위해 경쟁자들을 차례로 살해해 나가는데, 그의 목적은 성공적으로 달성될 것인가?

주인공의 욕망과 장애물

표면적 욕망 : 재취업
심층적 욕망 : 돈을 벌어 가족의 해체를 막는 것
장애물 : 경쟁자, 가족, 경찰

플롯과 구조

거의 롤러코스터 플롯이라고 할 정도로 빠르고 현란하게 이야기가 진행된다.
이 작품의 플롯을 3장 구조로 분석한 표를 통해 살펴보자.

	1장
	주인공이 경쟁자들을 죽이는 방법으로 재취업이라는 목표를 달성하겠다고 마음먹고, 행동을 개시한다.
도입	경쟁자들의 이력서를 받아 6인의 타깃을 찾아내고 죽이기로 마음먹는 주인공
살인1	성공적으로 첫 타깃을 살인하고 귀가하는 주인공, 안도한다. 살인을 저지른 순간 돌이킬 수 없고, 이야기는 본격적으로 2장에 접어 든다.

	2장
	주인공이 자신의 '취업 프로젝트'와 가정사를 해결해가며 계속 목표를 향해 나아간다.
살인2	타깃은 물론 우연히 타깃의 아내까지 죽여야 했지만, 결국 해낸다.
살인3	타깃과 감정적 교류를 나눴기에 죄책감으로 고통스러웠지만, 곧 극복 한다.
아내의 불륜	아내의 불륜으로 인한 가정 상담. 본질적으로 주인공의 행동은 가족을 지 키려는 것. 재취업에 성공해도 아내가 떠난다면 가정은 파탄이 난다. 이에 신경이 쓰이는 주인공.
살인4	아내와의 관계를 개선하려 노력하는 와중에 타깃 제거 성공. 인상적인 것은 네 번째 타깃이 아내와 늘 붙어 다니는 잉꼬부부였다는 점. 그것이 주인공이 이 살인을 보다 손쉽게 한 이유가 아닐까?
아들의 절도	절도로 경찰서에 입건된 아들. 아들이 망가져도 가정은 파탄난다. 경찰서에서 냉철하고 능숙하게 문제를 해결, 아들을 구해오는 주인공. 그동안의 살인 행각이 그를 능동적이고 전투적인 인간으로 변화시켰음 을 엿볼 수 있는 대목.

-------------------------------- 중간점 midpoint --------------------------

변화 주기	다음 타깃 살인이 쉽지 않던 즈음, 타깃이 취직에 성공했다는 소식을 접한 다. 살인을 하지 않아도 문제가 해결된 것. 문제 해결 방식에 변화를 주는 동시에 숨 막히는 살인 행진과 가족 문제를 겪은 주인공에게 잠시 숨 돌릴 틈을 주는 이 지점이야말로 작가의 노련한 스토리텔링 기술이다. 이 절묘한 설정은 뒤에 떡밥으로 회수된다. 작가는 마스터답게 효과적인 일석이조를 자주 구사한다.
경찰 등장	바로 앞 장에서 한숨 돌리자마자 경찰이 찾아와 긴장을 최대치로 올린다. 다행히 경찰의 의심에서 벗어나지만 이제 총을 사용할 수 없다는 핸디캡 이 생긴다.
살인5	총을 사용할 수 없게 되자 완전히 양상이 바뀐다. 더구나 상대는 해병대 출신 사내. 만만치 않다. 주인공은 이 난관을 한결 간교한 작전을 써서 해 결해낸다. 주인공에게 더한 난관이 오고 그것을 묘수로 극복해내는 주인 공을 독자들은 어느새 응원할 수밖에 없게 된다.
3장 **주인공이 마지막 살인을 통해** **목표를 이루고자 애쓴다.**	
살인6	이제 원하는 회사 그 자리에 있는 마지막 타깃을 노리는 주인공. 하지만 어이없는 실수를 저지르게 되는데…… 위기 속 기지를 발휘해 마지막 타 깃을 죽이는 데 성공한다. 클라이맥스. 프로판가스로 집이 터지는 모습이 마치 축하 폭죽이 터지는 것만 같다.
면접 대기	면접이 잡히길 희망하는 주인공. 여유를 되찾는다.
컨택	원하는 회사에서 면접 연락이 온다. 담당자는 주인공이 1순위임을 언질 한다. 그간의 노력이 해피엔딩이 될 거라는 암시.
면접일	경찰이 다시 찾아오고 마지막까지 고조되는 긴장감.

1장 끝, 주인공은 첫 살인을 저지르고 돌아갈 수 없는 강을 건
넌다(이야기에 본격적으로 들어선다). 2장 초반엔 살인이 점점

어려워지지만 아내와 아들 문제로 인해 다시 마음을 다잡는 주인공. 그리고 아들의 문제를 해결하면서 한층 강해지는 주인공. 중간점을 찍는다. 2장 후반은 총을 사용할 수 없게 되면서 어려움도 업그레이드됨. 그럼에도 용케 해결해 나가며 더 강한 상대를 처리하는 주인공. 3장 클라이맥스에서도 큰 실수를 하지만 기지를 발휘해 결국 목표를 달성해낸다.

총평

버크는 가족을 위한다는 핑계를 대지만 사실 연쇄살인마다. 하지만 우리는 어쩔 수 없이 그의 목표를 응원하게 되고 함께 해피엔딩에 도달한다. 이 기이한 경험은 1인칭 소설의 장점을 이용해 작가가 우리를 주인공의 마음속으로 초대해서이기도 하고, 자본의 냉혹한 칼날 위에 우리 또한 주인공과 같은 처지로서 있기 때문이다. 버크는 무자비한 사이코패스인가? 교활한 살인마인가? 작가는 그가 바보도 냉혈한도 아닌 가족을 위해 자신을 희생하는 이 시대의 평범한 가장이자, 우리와 다를 바 없이 생존을 위해 애쓰는 인간이란 걸 보여준다.

과연 내가 그를 죽일 수 있을까? 진지하게 묻는 것이다. 어떻게 보면 정당방위일 수도 있다. 내 가족, 내 인생, 내 대부금, 내 미래, 나 자신, 내 삶을 살리는 일이니까. 명백한 정당방위다. 나는 그를 모른다. 그는 내게 아무 의미가 없다. 인터뷰를 읽어보니 세상 물정을 잘 모르는 얼간이 같다. 그 자식을 죽이지 않으면 마저리와 벳지와 빌리와 내 인생이 절망과 좌절과 비탄과 공포로 질퍽해질 것이다. 어떻게 그를 죽이지 않을 수 있겠나? 걸려 있는 게 이토록 많은데◆.

→ 기이한 자기 합리화를 하는 버크의 내면에 대한 묘사.

나는 처음부터 내 계획의 아이러니를 깨닫고 이 일을 시작했다. 그들, 여섯 명의 관리 전문가들, 허버트 콜먼 에벌리와 에드워드 조지 릭스와 나머지 후보들은 내 적이 아니었다. 업튼 '레이프' 펠런 역시 내 적이 아니었다. 내 적은 기업가들이다. 내 적은 주주들이다◆◆.

→ 버크가 미치지 않았다는 증거. 하지만 그의 생각은 이렇게 치환된다.

최고경영자들과 그들을 그 자리에 앉힌 주주들이야말로 내 진정한 적이다. 하지만 그들은 내 문제가 아니다. 그들은 이 사회가 알아서 처리해야 할 문제일 뿐 내가 개인적으로 챙겨야 할 일이 아니다. 여기 이 여섯 통의 이력서. 내가 개인적으로 챙겨야 할 건 이것들뿐이다◆◆◆.

◆   도널드 웨스트레이크 지음, 최필원 옮김(2017), 《액스》, 오픈하우스, 62페이지
◆◆   앞의 책, 76페이지
◆◆◆ 앞의 책, 77페이지

→버크의 목표와 이유를 정확하게 제시. 아이러니컬한 해석이지만 그러기에 묘하게 빨려드는 설득력이 있다. 독자들은 그가 이 액션 플랜을 이룰 수 있을지에 대해 깊은 관심을 갖고 이야기를 따라간다.

악당이 성공하는 이야기. 우리는 이 나쁜 주인공의 행동을 동조할 수밖에 없다. 주인공의 목표는 이지러진 목표이지만 우리가 가진 이기심과 가족애로 인해 공감대가 형성된다. 거기에 더한 작가의 능수능란한 스토리텔링은 악역 주인공을 응원하게끔 만든다. 무엇보다 신자유주의 시대를 사는 우리에게 이 부조리극은 절로 고개를 끄덕이게 만드는 지점이 있다. 돈의 노예로 자본의 밑바닥에서 사람이 괴물이 된 사례를 매일 접하며 살기 때문이다. 시대의 공기를 잘 포착한 작품이 묵직한 주제를 확보한 채 우리의 무의식을 자극한다. 이처럼 훌륭한 작품은 주인공의 액션을 보여주는 표면의 서사 아래 주인공의 시대에 대한 심층 서사가 깔려 있어야 한다.

그리고 누가 뭐래도 기똥차게 재미있다. 분석은 끝났다. 이제 당신이 읽을 일만 남았다.

당신은 이미 소설을 쓰고 있다

태초에 이야기가 있었다. 아니 내게 이야기가 있었다. 써야 할 이야기. 소설은 거기에서 시작된다. 문제는 잘 써야 한다는 것이다. a good story well told. 잘 말해진 좋은 이야기. 그것이 이야기 꾼으로서 내가 해치워야 할 목표였다. 하지만 몸과 마음에 갇힌 이야기를 활자로 풀어내기란 그리 쉽지 않았다. 피아니스트가 악보를 보며 건반을 두드리는 연습을 매일 하듯, 볼품없는 검은 자판 위에 손가락을 올리고 피아노 연습하듯 자음과 모음, 특수 문자와 문장부호를 치고 또 쳤다. 그리하여 마지막 마침표를 찍고 나서야 이야기는 완성되었다.

·

아니다. 그 이야기는 '잘 말해진 좋은 이야기'가 아니었다. 처음부터 나는 다시 써야 했다. '쓰기란 다시 쓰기'라는 걸 배워야 했다. 그래서 이야기를 고쳐야 했는데 그것은 새로 쓰는 것보다 몇 갑절은 힘이 들어서 나는 '나만의 글쓰기'를 아예 새로 창조해야 할 지경이었다. 역시 마침표보다 중요한 건 느낌표였다. 글쓰기의 기술이 늘어날 때마다 내 머릿속은 물론 문장 속에도 느낌표를 배치하는 일이 늘어나기 시작했다.

!

첫 완성이라는 마침표, 다시 쓰기라는 느낌표를 지나자 주변에 보여줄 만한 이야기가 완성되었다. 용기를 내어 주변에 그것을 보여주었다. 하지만 돌아오는 것은 수많은 물음표였다. 이것이 소설이 맞는가? 이 이야기는 무엇이 결여되었는가? 당신이 쓴 것은 누구를 만족시켜주는 이야기인가? 당신 자신? 가상의 독자? 아니면 이야기의 신 혹은 바보?

?

쉼표가 필요한 시간이었다. 소설에 대해서뿐 아니라 소설을 쓰는 법에 대해서도 다시 연구해야 했다. 안정적인 작업실을 구해야 했다. 루틴을 점검해야 했다. 노동요를 찾아야 했다. 지치지 않고 쓰는 법을 훈련해야 했다. 나만의 글쓰기 부적을 만들어야 했다. '내 글 구려 병'을 이겨내는 자가 치료법을 개발해야 했다. 무엇보다 독자들이 몰입해 끝까지 읽을 수 있는 소설을 만드는 기술을 연마해야 했다.

,

다시 물음표였다. 주변 지인이 내게 돌려준 물음표가 아니라 소설 속 궁금한 이야기가 독자들의 머릿속에 보글보글 물음표로 떠오르게 해야 했다. 모름지기 이야기는 궁금해야 하며 소설로 독자들에게 세계와 인간에 대한 질문을 계속 가지게 만들어야 한다는 걸 깨달았다. 그리하여 이야기의 클라이맥스에서 느낌표가 마구 터져 나오는 이야기를 쓰고 나서야 마침표를 찍을 수 있게 되었다.

?!.

최초의 마침표로 시작해 느끼고 회의하고 숨을 고르고, 다시 궁금해하다 느낌표를 터트리고 결국 마침표를 찍는다는 것. 그것이 내게 소설 쓰기의 기승전결이었고 발단-전개-위기-절정-결말이었으며 3장 구조였고 8장 시퀀스였다.

《김호연의 작업실》은 소설을 쓰기 위해 내가 찾은 작업실과 그 작업실에서 발견해야 했던 글쓰기의 디테일에 관한 이야기다. 과거의 완고한 초보 작가 김호연은 실제 집필을 수행하는 시간만을 소설 쓰기라고 불렀다. 하지만 여러 작품을 완성하고 좌절과 성취의 파도타기를 하며 느낀 바, 작업 공간을 상상하고 소설을 쓰는 자신의 모습을 그리는 것만으로도 당신은 이미 소설을 쓰는 것이라고, 이제 나는 말할 것이다.

소설을 쓰는 당신을 상상하는 것이 시작이다. 그 상상이 현실이 되는 루틴과 자세, 공간과 시간에 대한 내 모든 노하우를 이 책에 모아보았다. 이렇게 내가 소설가로 살아온 방법과 안간힘, 작업의 실제가, 당신의 글쓰기에 도움이 되기를.

우리는 함께 상상하며 혼자 쓰는 존재이기에.

이제 당신의 이야기를 씩씩하게 쓰기를.

2023년을 시작하며
김호연

부록

김호연의
스토리텔링 추천 작법서

앞에서 말했듯 '작법서 덕후'인 나는 시나리오 작가 시절부터 지푸라기 잡듯 집필에 도움이 될 만한 작법서를 찾아 읽었다. 작법서는 처음 읽을 때 어렵고 감이 안 오더라도 애써 머리에 담아두면, 추후 실제 집필 과정에서 그 뜻과 공식이 깨우쳐지는 신비로운 경험을 제공한다.

물론 작법엔 정답은 없다. 작가마다 자신만의 글쓰기 규칙이 있을 뿐이다. 작법서는 이런 글쓰기 규칙의 데이터 모음집이다. 그러므로 자신에게 맞는 작법서를 찾으면 실용적으로나 정신적으로나 집필에 큰 도움이 된다. 이는 기술적인 스토리텔링을 구사해야 하는 글쓰기 분야에 반드시 필요한 덕목이다.

지금도 새로운 작법서가 출간되면 나는 얼리 어댑터가 되어 먼저 읽어본다. 내가 모르는 작법의 신기술이 있을까 궁금하고, 내 작품에 대입해 새로운 통찰을 주는 대목이 있을까 기대한다. 그동안 섭렵한 작법서와 비교하며 읽는 재미도 쏠쏠하며, 무엇보다 내가 아직 성실한 스토리텔러임을 실감하게 해준다.

수많은 훌륭한 작법서 중 분야별로 몇 권씩 골랐다. 초보 시절 큰 도움을 받은 책도 있고, 이상하게 편애하는 책도 있으며, 출간에 관여했을 정도로 의미가 있는 책도 있다. 비단 여기 있는 책뿐 아니라 당신에게 적합한 어떤 작법서라도 찾아 읽길 바란다. 집필에 활용하기 바란다. 그러다보면 당신만의 작법이 머릿속에 책 한 권만큼 쌓일 날이 올 것이다.

《STORY : 시나리오 어떻게 쓸 것인가》
로버트 맥키 지음, 고영범·이승민 옮김, 민음인

한마디로 '스토리'에 대한 바이블. 분량 역시 성경 못지않게 두껍다. 로버트 맥키는 스토리텔링 분야의 세계적 구루로, 할리우드의 수많은 현업 인사들이 그의 세미나를 들은 것으로 유명하다. 우리는 당장 할리우드로 가 그의 비싼 세미나를 듣기 힘드니 이 책을 읽으면 된다. 시리즈로 나온《DIALOGUE : 시나리오 어떻게 쓸 것인가2》역시 훌륭하다.

《신화, 영웅, 그리고 시나리오 쓰기》
크리스토퍼 보글러 지음, 함춘성 옮김, 비즈앤비즈

크리스토퍼 보글러는 스토리 분야 컨설턴트로 이 책을 통해 많은 인기를 얻은 작가다. 조셉 캠벨의 신화분석과 칼 융의 정신분석학에서 모티브를 얻어 이야기의 원형에 대한 풀이를 보여주는데, 자칫 어려워 보이지만 걱정하지 마라. 라이온 킹과 스타워즈와 오즈의 마법사를 예로 들어 내용이 쏙쏙 들어오는 책이다.

《스토리텔링 애니멀》
조너선 갓셜 지음, 노승영 옮김, 민음사

인간이 어떻게 이야기로 삶을 구가하는지를 설명하는 흥미로운 책. 작법에 대한 공부로서만이 아니라, 이야기로 문명을 만든 인간의 본질에 대해 배울 수 있는 교양서로도 훌륭하다. 유발 하라리《사피엔스》의 스토리 분야 심화편이라고 봐도 좋다.

《끌리는 이야기는 어떻게 쓰는가》
리사 크론 지음, 문지혁 옮김, 웅진지식하우스

리사 크론은 출판편집자이자 스토리 컨설턴트로 미국의 출판계와 영화계를 넘나드는 스토리 전문가다. 작가는 이 책을 통해 사람들이 어떤 이야기를 원하고 좋아하는지를 새로운 방식으로 설명해준다. 특히 신경과학자들이 밝혀낸 '뇌의 비밀'을 통해 사람들이 본능적으로 좋아하는 이야기의 비밀이 무엇인지 알려준다. 끌리는 이야기에 대해 끌리게 정리한 책이다.

소설

《소설쓰기의 모든 것》 1~5권
제임스 스콧 벨 지음, 김진아 옮김, 다른

   소설 작법의 거의 모든 것. 집필의 온갖 기술들이 총 5권에 걸쳐 망라된다. 플롯과 구조, 묘사와 배경, 인물/감정/시점, 대화, 고쳐쓰기 등 소설쓰기의 큰 기술, 작은 기술, 기술 아닌 기술이 이해하기 쉽게 정리되어 있다. 시리즈 마지막 5권인 '고쳐쓰기'는 전체 시리즈를 정리하는 내용이기도 해 복습에 유용하다.

'이만교의 글쓰기 공작소' 시리즈
《나를 바꾸는 글쓰기 공작소》, 《개구리를 위한 글쓰기 공작소》,
《글쓰기 공작소 실전편》
이만교 지음

《결혼은 미친 짓이다》 이만교 작가의 글쓰기 강의와 연재를 정리해 출간한 작법서 시리즈. 앞의 작법서가 모두 외국 서적인 데 반해 이 책은 한국의 소설가가 직접 작법을 설명해주어 한결 이해하기 좋다. 풍부한 내용과 실질적인 노하우가 망라된 실전 작법서.

샌드라 거스의 내 글이 작품이 되는 법 시리즈
《묘사의 힘》, 《시점의 힘》, 《첫 문장의 힘》
샌드라 거스 지음, 지여울 옮김, 윌북

2022년 봄, 월북 출판사로부터 《시점의 힘》 추천사를 제안받았다. 추천사 쓰는 걸 어려워하는 편이지만 작법서 덕을 많이 본 사람인지라 보답해야겠다는 생각에 맡았다. 읽어보니 정말 간결하고 실용적이며 명쾌한 작법서였다. 추천할 만했다. 책이 나오고 출판사에서 같이 보내준 《묘사의 힘》과 《첫 문장의 힘》도 읽어보았다. 역시 추천이다.

《유혹하는 글쓰기》
스티븐 킹 지음, 김진준 옮김, 김영사

스티븐 킹의 자서전이자 글쓰기 에세이. 작가와 소설쓰기의 본질에 대해 이해하는 데 엄청나게 유용하다. 무엇보다 스티븐 킹의 소설 못지않게 재미있다.

시나리오

《SAVE THE CAT!》
블레이크 스나이더 지음, 이태선 옮김, 비즈앤비즈

    두 말 할 것 없는 실용적인 시나리오 작법서의 갑. 블레이크 스나이더는 마치 후배에게 수다 떨듯 시나리오 작업에 대해 솔직하고 신랄하게 털어놓는다. 쉽고 유익하고 무엇보다 넘치는 유머에 읽는 재미가 쏠쏠하다. 1편은 이론 중심이고 2편은 작품 분석 중심이다.

《시나리오 시퀀스로 풀어라》
폴 조셉 굴리노 지음, 김현정 옮김, 팬덤북스

나는 이 책의 한국판 기획자다. 2007년 경 함께 일하던 감독님이 소개한 이 책의 원서를 한국에 출간하자고 제안하고, 출판사를 연결했다. 이미 익숙한 3장 구조가 아닌, 8장 시퀀스로 영화를 분석하고 그에 맞게 시나리오를 쓰는 노하우가 담긴 이 책은 새롭고 유용했다. 하지만 몇 해 뒤 절판되었는데, 2020년 다시 팬덤북스에 소개해 재출간했다. 그만큼 나는 이 책을 애정한다.

《잘 팔리는 시나리오 성공 법칙》
알렉스 엡스타인 지음, 윤철희 옮김, 행성B

시나리오 작가로 고군분투하던 2008년 경 《시나리오 성공의 법칙》이란 작법서를 읽고 무릎을 탁 쳤다. 그동안의 작법서가 이론에 충실했다면 이 책은 실전 그것도 현장의 이야기를 생생하게 담고 있었다. 할리우드에서 통용되는 시나리오 작법은 물론 기획과 판매에 관한 이야기가 있는 게 특히 좋았다. 이후 나는 이 책을 전도하고 다녔는데, 어느새 절판이 되어 있었다. 그래서 몇 해 전 행성B 출판사에 소개했고 2022년《잘 팔리는 시나리오 성공 법칙》으로 재출간되었다. 이 책 역시 내가 추천해 출간이 진행되었으니 얼마나 좋은지 더 말해 무엇하랴.

《시나리오 이렇게 쓰지 마라》
윌리엄 에이커스 지음, 구정아 김영덕 옮김, 서해문집

원제는《Your Screenplay Sucks》즉 '니 시나리오 개판이거든'. 초보 시나리오 작가들이 범하는 실수를 유머를 섞어 분석, 지적해 주는 책. 작법서로도 좋지만 창작에 대한 다양한 지혜를 주어 또 좋은 책. 초보 작가보다는 시나리오를 한 편 정도 써본 사람이 읽어볼 만한 책.

《이야기의 해부》
존 트루비 지음, 조고은 옮김, 비즈앤비즈

　할리우드의 존경받는 시나리오 컨설턴트 존 트루비의 첫 책. 두꺼운 분량만큼 묵직한 내용이 담긴 깊이 있는 작법서. 작품을 어느 정도 써본 사람이 심화할 때 읽을 만한 책이다.